Ansgar Fabri

Zirkus
der dunkelsten Stunde

ANSGAR FABRI

ZIRKUS
DER DUNKELSTEN
STUNDE

PSYCHOTHRILLER

TWENTYSIX

Bibliografische Information der Deutschen Nationalbibliothek: Die Deutsche National-bibliothek verzeichnet diese Publikation in der Deutschen Nationalbibliografie; detaillierte bibliografische Daten sind im Internet über www.dnb.de abrufbar.

TWENTYSIX – der Self-Publishing-Verlag
Eine Kooperation zwischen der Verlagsgruppe Random House und BoD – Books on Demand

Covergestaltung: Germancreative-Fiverr

Herstellung und Verlag:
BoD – Books on Demand, Norderstedt

ISBN: 9783740748609

Für Nadine und Noah - die großartigste Frau der Welt und meinen wundervollen Sohn, ohne den ich nicht wüsste, was es bedeutet, Vater zu sein.

„Die Phantasie der Angst ist jener böse, äffische Kobold, der dem Menschen gerade dann noch auf den Rücken springt, wenn er schon am schwersten zu tragen hat."

Friedrich Wilhelm Nietzsche

KAPITEL 1

ABEND

Der Albtraum hatte längst begonnen. Doch an diesem Oktoberabend war es nicht mehr als ein warnendes Flüstern seiner Intuition, die dem Oberstaatsanwalt Dr. Rupert Sternberg zuraunte, dass sich in seine Familie etwas eingeschlichen hatte, was nichts Gutes bringen würde.

Er drehte den Schlüssel im Schloss der Eingangstür seines Hauses, schob sie auf, trat ein und stolperte über einen blauen Spielzeug-LKW, den sein vierjähriger Sohn Leon in der Diele „geparkt" hatte. Aber wo war sein kleiner Sohn? Keine hektischen Trippelschritte, die vom Wohnzimmer her schnell näher kamen, keine Gesprächsfetzen zwischen Leon und Sternbergs Frau Elli, keine Kinderlieder oder Hörspieldialoge der „Drei Fragezeichen Kids" aus dem Kinderzimmer. Nur Stille im dunklen Haus.

Sternberg legte seine Aktentasche auf den Schuhschrank, durchquerte die Diele und das düstere Esszimmer, wo er auf einem Plastikteller mit „Findet Nemo"-Motiven zwei zerpflückte Brühwürstchen und eine unangetastete Scheibe Toastbrot entdeckte: Reste eines Kinderabendessens, das nach wenigen Bissen in die Würste beendet worden war. Aus der Küche strömte Licht, die Entlüftung des Dunstabzugs summte. Elli stand mit dem Rücken zu ihm, spähte in den Kühlschrank und zuckte zusammen, als sie ihren Mann bemerkte, der mit seinen etwa zwei Metern Körpergröße den Türrahmen füllte. „Alles okay?", fragte er mit Besorgnis in der Stimme und blickte sie an. Als sie sich vor dreizehn Stunden verabschiedet hatten, war ihm ihre Haut nicht so bleich und ihre Augenringe nicht so dunkel erschienen. Außerdem wirkte ihr Gesicht, als wäre jeder Muskel darin angespannt. „Du hast mich vielleicht erschreckt!", stieß sie hervor. „Ich habe dich nicht so früh erwartet und dich nicht reinkommen gehört." Sie umarmte ihn und gab ihm einen Kuss. „Ist mit Leon alles in Ordnung?", fragte Rupert. Elli zuckte mit den Schultern. „Er ist schon im Bett. Ich war höchstens eine halbe Stunde von der Arbeit zurück, da stand er gegen sieben Uhr plötzlich in seinem ‚The Flash-Schlafanzug' vor mir und sagte ‚Gute Nacht! Ich bin müde und will schlafen!'" Ruperts Augenbrauen schnellten in die Höhe. Sein Sohn Leon, dieses quirlige Energiebündel, das nicht umsonst einen Schlafanzug mit dem überschnellen Comic-Helden „Flash" bekommen hatte, ging freiwillig ins Bett? Und das um neunzehn Uhr? Elli nahm eine Flasche Milch aus dem Kühlschrank und schloss ihn. Die glänzende Metalltür hatten sie mit bunten Magneten in eine kleine Galerie mit Familienfotos und von Leon gemalten Bildern verwandelt. Ein Bild, das heute Morgen noch nicht da gehangen hatte, fiel Rupert ins Auge: In den krakeligen Wachsstiftlinien erkannte er grüne Bäume, gelbe Sterne und einen Mond. Außerdem Elli mit einem dreieckigen Oberkörper, der ein Kleid darstellte, das seine Frau so gut wie nie trug. Neben ihr zwei gleichgroße Strichmännchen, von dem das eine – ohne Haare – Rupert und das andere mit abstehenden Strich-Haaren Leon zeigte. Alle nebeneinander Hand in Hand aufgereiht – und daneben noch eine weitere Figur.

Sternbergs Stirn legte sich in Falten, er schob den Kopf vor, als könnte er aus nächster Nähe besser verstehen, was Leon da gemalt hatte. Wer war das? Ein Strichmännchen, etwas größer geraten als die anderen, das Leons andere

Hand hielt. Blaue Beine, ein gelber und ein grüner Arm über einem roten „Strich-Bauch". Von einem großen, ballonförmigen Kopf standen wild orangefarbene Haare ab. Doch was Rupert erneut stutzen ließ, waren die Augen: Normalerweise malte Leon allen Menschen blaue Punkte als Augen, egal welche Augenfarbe sie in Wirklichkeit hatten. Bei dieser Figur war es anders: Sie starrte Sternberg mit schwarzen Kreuzen an. Der mit einem dicken, roten Wachsmalstift gemalte Mund grinste Sternberg hämisch entgegen. Mit dem gleichen roten Stift hatte Leon auch die Nase in die Mitte des Gesichts gemalt. „Was es mit dem Bild auf sich hat, erkläre ich dir besser in Ruhe", sagte Elli, die Sternbergs skeptisch-forschende Miene richtig interpretierte. Sie warf einen Blick auf die Küchenuhr, die neben dem Fenster, durch das ein märchenhafter Halbmond schien, vor sich hin tickte. „Erst halb neun", stellte sie fest. „Wird noch eine lange Nacht. Magst du uns zwei Espressi machen? Dann erzähl' ich dir alles. Danach können wir essen, und dann hat jeder noch Zeit für seinen Schreibtisch."

Wenige Minuten später saßen sie, zusammen unter eine Decke gekuschelt, auf der Terrasse ihres Hauses, wärmten sich die Hände an den Espressotassen und blickten auf den Mond, vor dem vom Herbstwind getriebene Wolken vorbeizogen. Rupert gähnte, sein Atem kondensierte in der Luft und wurde als kleine Wolke sichtbar. „Eins vorweg", begann Elli, „was es mit diesem *Clown*, oder was auch immer Leon da gemalt hat, auf sich hat, kann ich dir nicht sagen. Leon meinte, das sei ein Geheimnis. Aber ehrlich gesagt, ist das auch das Harmloseste an diesem verrückten Tag", fuhr sie fort und nahm einen Schluck von dem dampfendheißen Espresso, bevor sie weitersprach: „Ich fühle mich einfach schuldig. Ich kümmere mich den ganzen Tag als Kinder- und Jugendpsychotherapeutin um die Probleme von Kindern, Jugendlichen und deren Familien. Und heute bekomme ich einen Anruf von Leons Kita, ich hetze in der Mittagspause hinüber, und man gibt mir dort das Gefühl, dass ich nicht auf mein eigenes Kind aufpassen kann." Rupert runzelte die Stirn. Elli sollte nicht auf Leon aufpassen können? So wie er sie kannte, erschien ihm das völlig absurd! „Leon wollte nichts essen – weder heute Abend hier noch heute Morgen in der Kita. Er sagte, er sei satt. Das ist jetzt schon der dritte Tag hintereinander." Sternberg massierte seine Schläfen. „Was würdest du Eltern raten, die mit so einem Problem bei dir in der Praxis auftauchen?", fragte er. „Wenn das alles wäre, würde ich erstmal nicht zwingend von der Notwendigkeit therapeutischen Handelns ausgehen", antwortete Elli. „Aber das war nicht alles", folgerte Rupert. „Nein. Die Erzieherin sagte mir, dass Leon seit einigen Tagen unkonzentriert sei. Außerdem wirke er übermüdet. Heute ist er in einem der Spielhäuser eingeschlafen. Die Erzieherin wollte wissen, ob es vielleicht irgendwelche Vorkommnisse oder familiäre Probleme gäbe."

Rupert schluckte. „Ein Vater mit 70-Stundenwoche, der zur Zeit ein Verfahren gegen eine große Technologiefirma vorbereitet, und in den kommenden Wochen eher noch mehr als weniger arbeiten wird... Ich schätze, das fällt schon unter ‚Problem'", entgegnete er. „In Kombination mit einer Mutter, die neben ihrer Arbeit in der eigenen Psychotherapie-Praxis gerade ein umfangreiches Gerichtsgutachten in einem Fall von Kindesmisshandlung erstellt... Und die in zwei Wochen an der Hochschule Niederrhein einen Gastvortrag über die Schäden des ,Ferberns' bei Säuglingen halten wird..."

Elli sprach nicht weiter, doch er verstand, was sie meinte. „Wenn mein komplexer Fall durch ist, werde ich kürzer treten", beschloss Rupert Sternberg. „In fünf oder sechs Wochen müsste ich aus dem Gröbsten raus sein. Der Fall ist gleichermaßen kompliziert wie wichtig. Es geht um eine Technologiefirma, die sich auf künstliche Intelligenz und Sicherheits-, genauer genommen auf Überwachungstechnik spezialisiert hat. Was die da entwickeln, macht so manchen Kollegen im Innenministerium schon neidisch. Die Technologie lässt sich sehr gut im Spionagebereich einsetzen. Und jetzt wird es pikant: Dieses Unternehmen wurde nun von einem Wirtschaftsimperium geschluckt. Und dieses Wirtschaftsimperium hält den Verfassungsschutz schon seit einigen Jahren auf Trapp. Wobei Wirtschaftsimperium eigentlich noch viel zu bodenständig klingt. Hinter vorgehaltener Hand spricht jeder den Begriff aus, den deren Armee von Anwälten immer abwehren: Es ist eine *Sekte*. Eine Sekte mit großer, schnell wachsender, weltweiter wirtschaftlicher Macht. Und das Flaggschiff des so aufgebauten Firmenimperiums ist ein Unternehmen für ‚militärische Dienstleistungen‘, ein ‚privates Sicherheits- und Beratungsunternehmen‘, das man auch einfach als global agierende Söldnertruppe bezeichnen könnte. Die inzwischen größte Armee auf diesem Planeten gehört keinem Staat, sondern einer Firma. Und die hat nun durch einen Kauf das besagte Unternehmen für Überwachungstechnik und Künstliche Intelligenz als exklusiven Zulieferbetrieb an sich gebunden."

Sternberg spürte, wie sich Elli unter der Decke noch enger zusammenkauerte, war sich aber nicht sicher, ob die kalte Herbstluft der Grund dafür war. „Was hältst du davon, wenn wir schnell in die Küche gehen, uns etwas zu essen auf die Teller packen und jeweils am Schreibtisch essen? Mehr Arbeit in der Nacht bedeutet mehr Zeit am Tag für Leon", schlug Elli vor. Rupert warf den Kopf in den Nacken und leerte den Rest seines Espressos. „Klingt weder gemütlich noch gesund, aber sinnvoll", gab er zurück. „Wir sollten das so machen." Er gähnte und fuhr fort: „Aber zuerst gehe ich kurz zu Leon."

Bevor sich die Augen des Oberstaatsanwalts an die Dunkelheit gewöhnt hatten, hörte er Leon leise und regelmäßig atmen. Sternberg hockte sich neben das Kinderbett und strich seinem Sohn über den verstrubelten Haarschopf. Das kleine Gesicht war halb in dem Kissen mit Dinosauriermotiven versunken. Eine Kleinkindhand mit Grübchen unter den Fingerwurzeln hielt einen Teddybär fest, den er mit einem Arm umschlang. Alles schien in Ordnung. Als Sternberg sich nach einigen Augenblicken aufraffte und zur Tür schritt, immer auf der Hut, nicht auf Spielzeug zu treten, bemerkte er die Clownpuppe: etwa vierzig Zentimeter hoch, mit blau-grün glänzender Hose, einem roten Hemd mit puscheligen Knöpfen – rot, gelb, grün – angeordnet wie eine Ampel. Oberhalb eines großen, weißen Rüschenkragens saß ein ballonförmiger Kopf, von dem kürbisorangene Wollhaare abstanden. Der breite Mund grinste Rupert hämisch an. Leon besaß die Puppe noch nicht lange und hatte ihr bislang wenig Aufmerksamkeit geschenkt, dachte Sternberg, wobei er sogleich seiner inneren Stimme beipflichten musste, die ihm sagte, dass er nur sehr wenige Kenntnisse davon hatte, wem oder was Leon den ganzen Tag Aufmerksamkeit widmete. Aber immerhin wäre diese hässliche

Puppe eine mögliche Begründung für dieses groteske Bild, das seit heute den Kühlschrank zierte.

KAPITEL 2

AM LANDGERICHT, 19 UHR

Als gäbe es kein Tageslicht mehr, dachte Rupert Sternberg. Morgens verließ er das Haus in völliger Dunkelheit, wenn Leon noch schlief. Die kurzen Herbsttage verbrachte er im trüben Licht von Amtsstuben und Besprechungsräumen. Als er jetzt das mit Säulen gezierte Portal des Mönchengladbacher Amts- und Landgerichtsgebäudes verließ, hatte sich die Dunkelheit längst wieder über die Stadt gelegt. Kühler Wind, der über die Hohenzollernstraße fegte, vertrieb die letzten Erinnerungen an die milden Temperaturen des Tages. Doch kühle Luft war genau das, was Sternberg nach dem Arbeitsmarathon nun brauchte. Nur noch eine Stunde, vielleicht zwei, dann reicht es für heute, dann geht es zurück nach Hause zu Elli und Leon, nahm sich Sternberg vor. Erst ein paar Schritte die Beine vertreten und den Kopf frei bekommen. Danach geht es in die letzte Runde für diesen Tag, plante der Oberstaatsanwalt und ging in Richtung des grün illuminierten „Quartier B. Kühlen": die historische Fassade eines Verlagshauses, hinter dem nun ein neues Medienunternehmen in modernsten Büros residierte.

In den Räumen des Landgerichts, die Sternberg für seine Pause hinter sich ließ, hatte seine Karriere begonnen. Dieser Justizpalast, aber auch das Umfeld, bis hin zum fußläufig erreichbaren Eickener Zentrum halfen ihm immer wieder beim Nachdenken über seine Fälle, brachten ihn zu neuen Sichtweisen und Einschätzungen. Und genau das war es, was er gerade brauchte. Er schaltete sein Smartphone ein, das er während der Besprechung ausgeschaltet hatte. Sternberg erreichte den schmiedeeisernen Zaun, der den Gehsteig von dem kleinen Park des Quartiers B. Kühlen trennte. An diesem Abend erinnerte der schwarze Zaun mit seinen speerförmigen Stäben Sternberg an einen Friedhofszaun aus einer Stephen-King-Verfilmung. Das grüne Licht, mit dem Gebäude und Park in Szene gesetzt wurde, und die uralten Kastanienbäume, die ihre knorrigen Äste und ihr braungelb verfärbtes Laub über Gehweg und Durchfahrtstor streckten, verliehen dem Ort eine fast schon gespenstische Aura. Das Vibrieren seines Handys in der Hosentasche holte Sternberg zurück in die Gegenwart. Immer wieder vibrierte sein Handy, auch noch, als er es aus der Tasche zog und das Entsperrmuster auf dem Display zeichnete. Sechs neue Nachrichten, neun verpasste Anrufe. Alle von Elli. Was war los? Sternberg bemerkte, dass seine Hände zitterten, als er auf den Touchscreen tippte, um eine der Textnachrichten zu öffnen. *„Ruf mich bitte an!"*, stand da. In der nächsten: *„Bitte ruf mich sofort an! Es ist wichtig!"*

Rupert Sternberg verzichtete darauf, weitere Nachrichten zu sichten, stattdessen rief er Elli an. Es tutete nur einmal, dann nahm sie das Gespräch entgegen. Bereits in ihrem hektisch hervorgestoßenen „Hallo!" hörte er ihre Anspannung in der Stimme. „In der Besprechung hatte ich mein Handy aus. Ich habe deine Nachrichten erst jetzt erhalten!", begrüßte er seine Frau. „Ist okay!", kam es atemlos zurück. „Rupert, kannst du *jetzt* nach Hause kommen? Du weißt, ich würde nicht fragen, wenn es nicht wirklich wichtig wäre." Ohne eine weitere Sekunde zu zögern, ohne einen Gedanken an die Ermittlungen und das damit angestrebte Verfahren gegen den Aufkauf der

Technologiefirma durch die Sekte, antwortete Sternberg: „Ich mache mich sofort auf den Weg!"

KAPITEL 3

BEIM KINDERARZT
ZWEI STUNDEN VORHER, 17 UHR

Der Kinderarzt Dr. Broschenburg strich Leon über den Kopf und lächelte dem Jungen aufmunternd zu. Dann wandte er sich Elli Sternberg zu, sein Lächeln verschwand. Der Arzt zog die Augenbrauen zusammen, fuhr sich mit der Zunge über die Lippen, schien nach den passenden Worten zu suchen.

„Naja, wir brauchen etwas Zeit, bis wir wissen, ob ein Eisenmangel die Ursache für diese abnorme Müdigkeit ist. Es kommen auch andere Krankheitsbilder in Betracht, für deren Diagnose ich aber derzeit keine Grundlage sehe. Und offen gesagt, möchte ich Leon nicht auf alles Mögliche testen, da es für Müdigkeit bekanntlich sehr simple Erklärungen gibt."

„Natürlich gibt es die, aber Leon ist nicht die ganze Nacht wach, er hat weder Einschlaf- noch Durchschlafprobleme", hielt Elli dagegen, die sich innerlich schon auf die Sätze „Da kann man nichts machen. Das geht von allein weg" gefasst machte. Sie spähte an Dr. Broschenburg vorbei in Leons Richtung. Der saß immer noch auf der

Untersuchungsliege und lehnte mit dem Rücken an der Wand. Mit wässrigen Augen, als habe sie ihn eben erst aus dem Tiefschlaf gerissen, starrte er auf das hölzerne Schaukelpferd, das vor der Liege im Behandlungszimmer stand. Sonst hatte er bei jedem Arztbesuch sowohl vor als auch nach der Untersuchung darauf geschaukelt. *Ich erkenne mein Kind nicht wieder, und dieser Kinderarzt stellt mich vermutlich gleich als Helikoptermutter dar, statt Vorschläge zu machen, wie man Leon helfen kann*, schoss es ihr durch den Kopf. Doch es kam schlimmer.

„Gibt es Dinge, die Leon belasten? Stressoren? Hat sich etwas in Ihrem Haushalt stark verändert?", fragte der Kinderarzt. „Eine ähnliche Frage hat mir auch schon eine besorgte Erzieherin gestellt", entgegnete Elli, um beim Ausholen für ihre Antwort gleich noch eine weitere Beobachterin zu benennen, die Leons Verhalten ebenfalls besorgniserregend empfand. „Und ich habe auch ihr gesagt: *Nein!*"

Der Kinderarzt nickte, doch sein Gesichtsausdruck verriet nicht, ob er ihr glaubte. „Gab es größere Änderungen beim Essensplan?"

Die Frage traf Elli völlig unerwartet. „Nein. Aber wie ich sagte: Zu der Müdigkeit kommt auch diese Appetitlosigkeit."

Der Kinderarzt nickte erneut mit seinem neutralen Diplomatengesichtsausdruck und führte dann aus: „Es kann ja sein, dass, wenn man die Ernährungsgewohnheiten umstellt, jemand nicht so ganz damit einverstanden ist..." Weiter kam er nicht.

„Auf was wollen Sie eigentlich hinaus?", platzte es aus Elli hervor, lauter als beabsichtigt und so heftig, dass die Arzthelferin, die am Computer die Konsultation protokollierte, zusammenzuckte.

Dr. Broschenburg schien wieder seine Worte abzuwägen, vielleicht länger als sonst, dann sagte er: „Nun ja... Leon hat zugenommen. Nicht extrem, aber ich kenne ihn ja seit der U3, und so einen ‚Sprung' hat er bisher in so kurzer Zeit nicht gemacht."

Zunächst mit wachsender Irritation, dann mit Fassungslosigkeit hörte Elli Sternberg, wie der Kinderarzt weiter ausführte: „Ich weiß ja, dass Sie, Frau Dr. Sternberg, eine sehr angesehene Kinder- und Jugendpsychotherapeutin sind, an die ich bei Bedarf gerne Patienten vermitteln würde, wenn ich nicht wüsste, dass Ihre Warteliste noch länger ist als bei Ihren Kollegen. Ihre Artikel in Fachzeitschriften lese ich immer mit Begeisterung. Und Ihren Vortrag über die negativen Wirkungen des Ferberns, den Sie an der Hochschule Niederrhein halten werden, höre ich mir nach Möglichkeit gerne an. Ihr Mann gilt als hochbegabter Jurist, der oft sogar Fälle, die als aussichtslos gelten, gewinnt. Ich frage mich immer, wie man das alles unter einen Hut bekommt. Aber da kann man ja bei der Ernährung einiges an Zeit sparen."

„Wenn Sie glauben, dass meine Familie sich von Fertiggerichten oder Fast-Food ernährt, dann liegen Sie falsch!", schleuderte sie Dr. Broschenburg entgegen. Elli war den Tränen nahe. „Ich habe heute vier Therapiesitzungen abgesagt, weil ich sehe, dass es Leon nicht gut geht. Vor etwa zwei Stunden hatte ich einen weiteren Termin im Kindergarten. Vielleicht sollten Sie sich das, was man mir dort mitgegeben hat, auch mal ansehen!", schlug Elli vor und öffnete ihre Handtasche.

KAPITEL 4

IN DER KINDERTAGESSTÄTTE
ZWEI STUNDEN VORHER, 15 UHR

Immer wenn in Elli Sternbergs Nähe Menschen nervös waren, die aber versuchten, Ruhe auszustrahlen, spürte sie dies als ein leichtes Verkrampfen im Magen. – Ein instinktives Signal, das ihre Wahrnehmung schärfte. Als Kinder- und Jugendpsychotherapeutin hatte Elli gelernt, es zu nutzen und so zu bemerken, wenn ihre Gegenüber etwas verschweigen wollten. Beim Anblick des flüchtig-nervösen Lächelns von Leons Erzieherin Julia, die Elli die Kita-Tür öffnete, krampfte sich Ellis Magen zusammen.

Julias freundlich gemeinte Begrüßungsfloskel „Schön, dass Sie sich so kurzfristig Zeit nehmen konnten! Gehen wir doch gleich in einen der Gruppenräume, in dem jetzt niemand mehr ist und wir ungestört sprechen können..." hörte Elli kaum noch in der sie überrennenden Nervosität.

„Leon ist jetzt mit den übrigen Kindern bei einer Kollegin zwei Räume weiter, aber *hier* hat er heute die meiste Zeit des Tages verbracht", erklärte Julia, als sie sich in der mit Polstern,

Kissen und weichen Decken ausgestatteten „Kuschelecke" der Kindertagesstätte niederließen. Holzregale mit Kinderbüchern, die Titel trugen wie „Zähne putzen Pipi machen", „Schau mal, was ich alles kann" oder „Das große Tiere-Wimmelbuch" trennten die Kuschelecke von dem übrigen Teil des Gruppenraums mit seiner „Bauecke" und „Essecke" und den kleinen Spieltischen ab.

Elli Sternberg zuckte nervös die Schultern. „Na und?" Julia kratzte sich nervös am Kinn, wich Ellis Blick aus. „Zum einen macht es uns im Team hier Sorgen, dass er den ganzen Tag so antriebslos war. Leon hat Freunde hier, aber mit keinem einzigen hat er heute gespielt...", begann sie zögerlich. „Und zum anderen?!", versuchte Elli die Erzieherin zum Weitersprechen zu bewegen, als diese sich auf die Unterlippe biss und offenbar nicht wusste, wie sie schonend auf den Punkt kommen konnte. „Zum anderen", griff Julia den Gesprächsimpuls auf, „ist uns aufgefallen, dass er sich nicht mehr für ‚Dicki' interessiert."

Elli Sternbergs Blick ruckte unwillkürlich nach links. Sie spähte zwischen den Brettern des

Bücherregals in Richtung der Fensterbank, wo in einem von grünen Algen getrübten Aquarium die Wasserschildkröte Dicki vor sich hin paddelte.

„Sonst steht Leon immer wieder vor dem Becken. Er fragt uns ständig, ob er Dicki füttern darf, oder ob es ihr gut geht. Heute war er einmal kurz am Aquarium. Es ist Herbst, und die Schildkröte wird träge und ist erst aus ihrer Steinhöhle gekommen, als die Kinder alle weg waren. Als Dicki sich vor ein paar Wochen mehr verkrochen hatte als sonst, wollte Leon unbedingt einen Krankenwagen rufen. Deswegen hatte ich damit gerechnet, dass Leon heute alle paar Minuten neben mir stehen würde, um zu fragen, ob es Dicki schlecht geht. Aber er blieb nur hier in der Kuschelecke." „Und deswegen bestellen Sie mich ein?", fragte Elli, wobei sie spürte, dass Julia die Bombe noch immer nicht hatte hochgehen lassen.

„Ist irgendetwas passiert? Hat Leon vielleicht Albträume?", wechselte Julia unvermittelt das Thema. Elli fühlte sich so, als habe Julia ihr einen Sandsack vor den Kopf geschlagen. Was ging hier eigentlich vor? Doch noch bevor Elli auf die Fragen reagieren konnte, schob die Erzieherin hektisch nach: „Ich weiß ja, dass Sie als Kinder- und Jugendpsychotherapeutin Expertin sind, also verstehen Sie mich bitte nicht falsch, Frau Dr. Sternberg! Es ist ja nun mal so, dass wir Leon hier 45 Stunden pro Woche erleben und dadurch natürlich so einiges mitbekommen...“

Elli versuchte, innerlich Angst und Wut niederzukämpfen, legte einen Moment den Kopf in den Nacken, starrte in Richtung des obersten Regalbretts der Kuschelecken-Begrenzung, wo zwei Kasperle-Theater-Figuren thronten: Ein grünes Krokodil und ein roter Teufel grinsten hämisch zu ihr herunter.

„Vielleicht hat er heimlich ferngesehen“, hörte sie Julia spekulieren, „das würde seine Müdigkeit erklären, wenn er nachts fernsieht. Nachts laufen ja so allerlei Filme, die Kinder belasten können. Ich denke da an Horrorfilme...“

Ellis zusammengekniffenen Augen und die sonst unsichtbaren Zornfalten auf ihrer Stirn brachte Julia von der einen auf die andere Sekunde zum Schweigen. „Julia, Sie wissen, dass ich Sie mag und schätze, aber jetzt haben Sie mal Sendepause!", hörte sich Elli lauter sagen als beabsichtigt. „Leon hat *keinen eigenen Fernseher* in seinem Zimmer. Er hat *keinen eigenen Computer*, mit dem er ins Internet gehen könnte. Mein Mann ist, wie Sie wissen, Oberstaatsanwalt, alle PCs bei uns zuhause sind mit Passwörtern gesichert, die Leon nicht kennt. Das Gleiche gilt für Smartphones, zumal Leon kein eigenes hat. Der Fernseher im Wohnzimmer ist kindersicher. Leon schaut am Tag höchstens 40 Minuten fern und das nur in Absprache mit uns. Er schaut ‚Sesamstraße‘, ‚Die Sendung mit der Maus‘ und ab und an andere altersgerechte Sendungen. An den PC darf er nur mit meinem Mann oder mir. Also: *Er schaut keine Horrorfilme!* Ich hoffe, das ist jetzt angekommen. Und jetzt kommen Sie endlich auf den Punkt!"

Elli war immer lauter geworden, und die nun folgende Stille lastete unangenehm auf ihnen. Schweigend griff Julia neben sich auf das Sitzkissen, wo Elli jetzt erst einen Stapel Papiere liegen sah.

„Die Bilder hat Leon heute gemalt. Er wollte, dass wir sie an die Korkwand hängen, aber meine Kollegen und ich waren dagegen. Ich denke, Sie werden verstehen, warum", sagte Julia leise. Dann drehte sie das erste Bild um.

Elli blickte darauf, und je mehr Details sie wahrnahm, desto mehr weiteten sich ihre Augen. Sie sah mit Wachsmalstiften gemalte dunkelgrüne Laubbäume mit runden Kronen. Einen gelben Halbmond. Sterne. Das typische Punkt-Punkt-Komma-Strich-Gesicht-Strichmännchen, mit dem Leon sich stets malte... zwischen den ballonköpfigen Wesen mit abstehenden roten Haaren, wie Leon sonst Feuer malte. Doch das Verstörendste: Die beiden Feuerkopf-Wesen hielten das Leon-Männchen an den Händen und schienen es durch den nächtlichen Wald zu führen. Am oberen linken Bildrand sah sie das aus einem Quadrat und Dreieck zusammengesetzte Haus, das immer „unser Zuhause" darstellte.

Elli schluckte, Julia drehte das nächste Blatt um: erneut das Leon-Strichmännchen, die Feuerkopfwesen, Sterne, Halbmond, doch diesmal mehr und größere Laubbäume. Das „Zuhause" war nicht mal mehr halb so groß wie zuvor.

Das nächste Bild: breit grinsende Feuerkopfwesen, das Leon-Strichmännchen und diesmal aus schiefen Dreiecken zusammengesetzte Tannenbäume. Kein Mond, keine Sterne, das obere Drittel des Blattes hatte Leon mit Wachsmalstiften komplett schwarz gemalt.

Das letzte Bild: ein schwarzer Nachthimmel und im Zentrum des Papiers statt eines Waldes eine rechteckige Box, darin das Leon-Strichmännchen mit den Feuerkopfwesen. Was soll das ganze bunte Zeug in der Box sein?, überlegte Elli Sternberg und fragte: „Hat Leon irgendwas dazu gesagt?" Julia schluckte. „Nur, dass er niemandem darüber etwas verraten darf."

KAPITEL 5

AUF DEM HEIMWEG, 19.10 UHR

Solche Abende sind der reinste Horror, dachte Sternberg. Niesel, der auf die Frontscheibe seines Wagens traf, raubte ihm die Sicht. Der kalte Herbstwind riss die gelbbraunen Blätter von den Kastanienbäumen, die die Straße säumten, und wirbelte das Laub auf die nasse Fahrbahn. Gemeinsam mit dem peitschenden Wind zauberte das schummrige Licht der Straßenlaternen gespenstische Schattenspiele auf den menschenleeren Gehweg und die Straße. Wer nicht unbedingt das Haus verlassen musste, blieb offenbar zuhause, dachte Sternberg. Das warme Licht, das aus den Fenstern der Wohnhäuser fiel, schien seine Vermutung zu bestätigen.

Jetzt darf nichts mehr dazwischen kommen, ich muss so schnell wie möglich nach Hause zu Elli und Leon, dachte Sternberg und trommelte nervös mit den Fingern auf dem Lenkrad. *„Wieso fährst du da vorne 40? Hier darf man 50 fahren!"*, schimpfte Sternberg. Dann leuchteten vor ihm die Bremslichter rot auf.

„Die Ampel ist grün!", platzte es aus Sternberg hervor, als würde sein Wutanfall etwas nützen. Der Wagen vor ihm fuhr langsam, geradezu zögerlich wieder an, und Sternberg bemerkte jetzt, warum das Auto so plötzlich gestoppt hatte.

„Was zur Hölle ist das?", entfuhr es dem Oberstaatsanwalt, als er einen roten Luftballon, offenbar mit Helium gefüllt, sah, der, gehalten von einer Schnur, über dem gusseisernen Rost eines Kanaldeckels im kühlen Abendwind tanzte. Wie hypnotisiert taxierte Sternberg den roten Luftballon, drehte den Kopf zur Seite, sah, wie der Ballon vor dem Seitenfenster tanzte... Dann ein schrilles Quietschen, rotes Bremslicht, das Sternbergs Fahrerkabine gespenstisch ausleuchtete. Sein Blick ruckte nach vorn. Die Ampel leuchtete grün in die regnerische Herbstnacht, und direkt davor stand das Auto, über dessen Fahrer er sich gerade noch geärgert hatte. Kaum die Länge eines Schrittes lag zwischen der Stoßstange von Sternbergs Limousine und der des Wagens vor ihm. Was ging hier vor sich?

Rupert Sternberg hatte noch keinen klaren Gedanken fassen können, da sah er eine Gestalt mit schleppenden Schritten vor dem anderen Auto hervortreten. Die Person schlurfte an der linken Seite des Wagens entlang, in der Hand schwenkte sie einen Kanister und ließ so immer wieder eine klare Flüssigkeit auf das Auto schwappen. Sternberg schluckte. Dann bemerkte er eine zweite Gestalt, die an der rechten Seite des Wagens entlangschlich, ebenfalls einen Kanister schwenkend, aus dem schwallweise eine klare Flüssigkeit auf die Karosserie klatschte. Begossen die zwei Gestalten das Auto vor ihm etwa mit Benzin? Sternbergs Hände krallten sich in das Lenkrad, die in ihm explodierende Panik schien ihm den Hals zuzuschnüren. Die Gestalt, die an der rechten Seite des Wagens vorbeistrich, hielt inne, drehte den Kopf weg von dem Auto neben sich, hin zu Sternberg. Der Mann – die Körpergröße von über 1,80 Meter und die breiten Schultern ließen für Sternberg kaum einen Zweifel daran, dass es ein Mann war – trug ein weiß-blau gestreiftes Hemd und eine ebenso gestreifte Hose, was den Oberstaatsanwalt an die Gefangenenuniform erinnerte, wie man sie in amerikanischen Filmen sah. Doch die Knopfzeile dieses Hemdes zierten blaue und rote Stoffbommeln.

Weiteres Unbehagen stieg in Sternberg auf, das zum Entsetzen wurde, als sein Blick von dem grotesken Hemd weiter hinauf bis zum Gesicht des Mannes kroch: Es war fast völlig weiß. Nur die Haut um die Augen war schwarz wie bei einem Panda und der Mund blutrot. Im Regen verlief die Schminke, weshalb es aussah, als flossen schwarze Tränen aus den Augen und liefe Blut aus dem Mund.

Was ist das für ein Freak?, schoss Sternberg die Frage durch den Kopf, und der Jurist in ihm lieferte sofort die Antwort: Er stand hier gerade Auge in Auge mit dem, was Polizisten und Medien als einen *„Horrorclown"* bezeichneten. Das da war ein Vertreter von den Freaks, die seit einigen Jahren, meist im Oktober, das Horrorclowns-Phänomen immer wieder in die Welt brachten. Sie erschreckten Menschen oder griffen sie tatsächlich an. Sie filmten das Ganze und luden die Clips auf Videoplattformen im Internet hoch. Sie bewiesen einmal

mehr, dass die sogenannten „Sozialen Medien"
oft hochgradig „Unsoziale Medien" waren.

Sternberg war es in diesen Sekunden völlig egal,
ob er von irgendwo mit einer versteckten Han-
dykamera gefilmt wurde und die Freaks so
seine Rechte am eigenen Bild verletzten. Er
wäre in diesen Sekunden am liebsten hinter
dem Lenkrad verschwunden, so wie Kinder unter der Bettdecke verschwinden konnten und
so vor allen Monstern der Nacht in Sicherheit
waren. Der Horror mit diesem „Clown" war
keine kindliche Angst, sondern eine reale
Bedrohung.

Einen Moment blieb der Freak reglos, starrte
den Oberstaatsanwalt, der mit vor Angst und
Fassungslosigkeit geweiteten Augen da saß,
direkt an. Mit einer langsamen, aber unmiss-
verständlichen Geste fuhr die Gestalt sich mit
der Hand von links nach rechts über die Kehle.
Sternberg saß da, erstarrt wie ein Reh, das von
den Scheinwerfern eines heranrasenden Autos
geblendet wird, kurz vor dem todbringenden
Aufprall.

Eine plötzliche Bewegung in seinem Augenwinkel riss ihn aus seiner Schreckstarre. Vor

ihm war die Fahrertür des Wagens aufgeklappt, der Fahrer wuchtete seinen massigen Körper heraus und baute sich vor der Kanister schwenkenden Gestalt auf. Dann dröhnte die Stimme des Ausgestiegenen durch die verregnete Abendluft: *„Was willst du kleiner Mann mit dummen Freund?!"*

Sternberg bemerkte an der Art, wie der Mann die Vokale verdunkelte, einen osteuropäischen Akzent – Russisch, Ukrainisch, vielleicht Polnisch. Es folgte eine noch lautere Salve von Beschimpfungen, die meisten auf Deutsch. Die Gestalt ließ den Kanister fallen, dessen Inhalt herausschwappte und sich mit dem Regenwasser mischte.

Der osteuropäische Hüne verpasste ihm einen Schlag wie ein Grizzly. Der Clown stürzte schreiend auf die nasse Straße. Die Gestalt auf der anderen Seite des Wagens warf ihren Kanister auf den Gehweg und versuchte, in Richtung Sternbergs Auto zu flüchten. Mit einigen schnellen Schritten schnitt der Hüne ihm den Weg ab, schlang den breiten Arm um dessen Hals und rang ihn unter lauten Beschimpfungen nieder. Gleichzeitig rappelte sich die Gestalt auf der Fahrerseite auf und stolperte los, ebenfalls auf Sternbergs Wagen zu.

Der Hüne drückte den anderen Kerl immer noch auf die Fahrbahn und schimpfte auf ihn ein: „Warum bist du angemalt im Gesicht? Bist du so hässlich, kleiner Mann?! Ich denke, ja!"

Der Flüchtende platschte durch eine Pfütze, mit dem nächsten Schritt wäre er neben dem Außenspiegel von Sternbergs Audi. Sternbergs Panik verwandelte sich in Wut. Ohne eine weitere Sekunde zu zögern, schwang er die Fahrertür auf und schlug sie gegen die Gestalt, die sofort erneut zusammensackte. Das Gesicht mit der aufgemalten, verlaufenden Grimasse rutschte von oben nach unten über das Fenster der Fahrertür und hinterließ einen roten Streifen auf dem Glas, bei dem Sternberg nicht sicher war, ob es nur blutrote Schminke oder tatsächlich Blut war. Dann lag die Gestalt neben Sternberg auf der regennassen Fahrbahn im matschigen Laub.

Geistesgegenwärtig schaltete Sternberg die Warnblinkanlage seines Autos ein, drückte den roten Knopf, um seinen Sicherheitsgurt zu lösen, schwang die Beine aus dem Auto und packte den Bewusstlosen unter den Armen und zerrte ihn von der Fahrbahn auf den Bürgersteig. Er zog sein Smartphone aus der Hosentasche, zeichnete eilig das Entsperrmuster auf dem Display, und als das Tastenfeld zum Telefonieren aufleuchtete, hämmerte er die 110 auf das Touchpad. Er hob das Mobiltelefon ans Ohr, warf einen hektischen Blick auf den am Boden liegenden Freak und spürte, wie der Schreck das Handy in seiner Hand bleischwer zu machen schien: Der Kerl starrte zu ihm herauf und grinste hämisch, ein Grinsen, das Sternberg ohne ein Wort sagte, dass er dem Kerl in die Falle getappt war.

Dann ging alles rasend schnell: Der Clown winkelte die Beine an und trat dann Sternberg in den Bauch. Sternberg krümmte sich und sah noch im Augenwinkel, wie der Kerl aufsprang und mit weiten, nahezu lautlosen Schritten auf den Hünen zulief, der immer noch schimpfend über dem anderen Freak hockte und ihn mit einem Knie auf den nassen Gehsteig drückte. Mit einem fast eleganten Tritt traf er den Hünen am Kopf, der Mann fiel um wie ein Roboter, dem man den Strom abgedreht hatte. Der Angreifer blieb nicht einmal stehen, sondern rannte weiter über den Gehweg davon und verschwand nach einigen schnellen Schritten in eine Nebenstraße. Der andere Freak sprang auf, blickte Sternberg mit vorgestrecktem Kinn herausfordernd an und fletschte die Zähne wie ein Raubtier. Dann rannte auch er los und verschwand in die Dunkelheit der Seitenstraße.

Sternberg lief auf den am Boden liegenden Hünen zu, hockte sich hin und drehte den schweren Mann um, so dass er sein Gesicht sehen konnte. Blut lief ihm aus dem rechten Nasenloch, doch sonst hatte er auf den ersten Blick äußerlich keine Verletzungen.

Die breite Hand des Hünen schnellte hervor, packte Sternberg am Kragen, der Mann blickte ihn mit vor Entsetzen geweiteten Augen an. „Ist mit Piotr alles in Ordnung?" Sternberg verstand im ersten Moment nichts, dann erst hörte er das dumpfe Klopfen, als Kinderhände von innen gegen die Wagenscheiben hämmerten und ein verzweifeltes, leises Weinen. Er half dem Hünen auf, der sofort die hintere Wagentür aufriss und einen kleinen Jungen aus dem Kindersitz hob. Er wog ihn liebevoll auf dem Arm hin und her und redete beruhigend auf ihn ein. Der Junge klammerte sich an den Hals seines Vaters, als wollte er ihn nie wieder loslassen. Nur einen kurzen Moment, als das Kind den Kopf hob und über die Schulter seines Vaters blickte, sah Rupert Sternberg das von Regen und Tränen nasse Gesicht.

Der Junge, der wohl Piotr hieß, schien in Leons Alter zu sein. Er hatte eine ähnlich verstrubbelte Frisur wie Leon und – wie Leon braune Haare. Für den Bruchteil einer Sekunde sah Rupert Sternberg sein Kind im weinenden Gesicht dieses Jungen. In diesem kurzen Moment wusste und spürte Rupert Sternberg eines: Wenn eben Leon bei ihm im Wagen gesessen hätte, wenn es also nicht nur um ihn, sondern um Leon gegangen wäre, dann hätte er für nichts mehr garantieren können. Dann wäre es möglich gewesen, dass die beiden Horrorclowns mit der Aktion ihren eigenen Tod gefilmt hätten.

KAPITEL 6

COULROPHOBIE

Rupert Sternberg saß mit Elli im geheizten Wohnzimmer ihres Hauses auf dem Sofa, klammerte sich an eine warme Kaffeetasse und kämpfte gegen das unkontrollierte Zittern. Leon hatte er erneut wieder nur schlafend in seinem Zimmer vorgefunden. Den Teller mit kaum angerührten Chicken McNuggets und Pommes – Leons aktuelles Lieblingsessen – auf dem Esszimmertisch hatte Rupert als schlechtes Zeichen richtig gedeutet: Immer noch die beängstigende Kombination aus Appetit- und Antriebslosigkeit.

Draußen heulte der Wind durch die düstere Wohnsiedlung und trieb Regen gegen die Panoramascheibe, durch die sie in den dunklen Garten blicken konnten. Im Licht der Straßenlaternen, das durch die zerzausten Baumkronen fiel, schien jede Pflanze zum Leben erwacht zu sein: Äste, Zweige und Blätter tanzten im Wind und Regen. Doch weder Rupert noch Elli nahmen davon Notiz. Wie versteinert blickten sie auf die Bilder, die Leon in der Kita gemalt hatte und die nun vor ihnen auf dem Wohn-zimmertisch lagen.

„Ich hasse Clowns", murmelte Rupert Sternberg vor sich hin. Elli war sich nicht sicher, wie ihr Mann zu der Aussage kam. Bezog er sich auf die grotesken Clownbilder, die Leon gemalt hatte? Oder auf den Zwischenfall mit den Horror-clowns? Oder beides? Sie entschied sich für den Zwischenfall.

„Nach so einem Erlebnis kann ich das gut ver-stehen", sagte Elli lächelnd und strich Rupert mit der Hand übers Gesicht. Kalter Schweiß stand ihm auf der Stirn. „Bei solchen Horror-Clown-Überfällen sind schon Leute regelrecht traumatisiert worden. Mit einem ‚Streich' haben diese sogenannten ‚Pranks' nichts zu tun", fuhr sie fort.

„Ein posttraumatisches Stresssyndrom?", griff Rupert das Gehörte auf. „Brauch ich nicht. Ich hasse Clowns. Ich *hasse* Clowns schon lange. Ich hasse Clowns, weil ich Angst vor ihnen habe."

Elli nickte. „Das wusste ich nicht. Möchtest du darüber reden?", fragte sie, nachdem sie offenbar unbewusst in ihren Therapeutinnen-Modus gewechselt hatte.

„Es gibt ja auch genug Möglichkeiten, Clowns auszuweichen. Da fällt so eine Angst gar nicht auf", gab Rupert zurück und führte sogleich aus: „Während meiner Grundschulzeit hat mein Vater an verschiedenen Universitäten Vorträge über den US-amerikanischen Serienmörder John Wayne Gacy gehalten. Gacy wurde für die Vergewaltigung und Ermordung von 33 Jungen und jungen Männern verantwortlich gemacht. Als Jurist kennt man ihn schon deshalb, weil es seine Verurteilungen ins Guinness-Buch der Rekorde schafften: 21 mal lebenslänglich und 12 mal die Todesstrafe. 1994 wurde er dann hingerichtet. Wie auch immer... Mein Bruder und ich konnten beide gut lesen und schlichen uns an einem Abend – es war ein paar Tage vor Karfreitag – in das Arbeitszimmer unseres Vaters. Und wir lasen. Und schauten uns Bilder an. Gacy wurde nicht nur wegen seiner brutalen Taten und dem absurd hohen Strafmaß bekannt. Vor allem wurde er bekannt, weil er in einem selbstgenähten Clownkostüm auf Straßenfesten Kinder unterhielt. Er nannte sich *Pogo der Clown*‘."

Rupert blickte auf, bemerkte nun, dass es jetzt Elli war, die sich an ihre Tasse klammerte.

„Hat er so seine Opfer gesucht? ...als Pogo der Clown?", fragte sie.

Rupert schüttelte den Kopf. „Das waren vielfach männliche Prostituierte oder Ausreißer. Die Taten hatten mit den Clownsauftritten nichts zu tun. Aber es war eben derselbe Mann, der als fröhlicher Clown Kontakt zu Kindern aufnahm und der gleichzeitig so ein Monster war. Ich sah Bilder von Gacy als Clown. Ein weiß-rotes Kostüm, Bommeln an der Mütze, die Haut um die Augen blau, um den Mund rot geschminkt, der Rest vom Gesicht weiß. Ich war mir als Kind sicher, dass ich *diesen Clown* einige Wochen zuvor beim Karneval bei uns im Dorf gesehen hatte. Das war natürlich Blödsinn. Aber der Killer-Clown John Wayne Gacy hatte mich seitdem in seinen Klauen. Egal wann und wo ich einen Clown sah – sei es im Fernsehen, auf einem Zirkusplakat oder bei McDonalds – ich musste an die Fotos, die ich von ihm und seinen Opfern gesehen hatte, denken. Und heute bin ich mir sicher, dass sich diese Angst unbemerkt verselbständigt hat und viel tiefer in mir verwurzelt ist, als ich je dachte."

Er sah Elli an: „*Coulrophobie*" sagte er dann, „das ist doch der Fachbegriff dafür, oder?" Sie wog nachdenklich den Kopf hin und her. „Ja – wobei der Begriff relativ neu ist und nicht aus wissenschaftlichen Quellen stammt. In gedruckten Werken findest du Coulrophobie ab Ende der 90er Jahre. Manche Kinder fürchten sich vor Clowns, was wohl damit zu erklären ist, dass Clowns anders aussehen und sich anders verhalten. Aber auch einige Erwachsene, längst nicht nur du, reagieren negativ auf Clowns."

Rupert hörte ihr zu. Dabei wanderte sein Blick zum wiederholten Mal über die Kinderzeichnungen mit den darauf abgebildeten Ballonköpfen, von denen wilde Feuerhaare abstanden und die Leons gemaltes Ich an den Händen haltend durch einen nächtlichen Wald begleiteten.

„Bei Erwachsenen resultiert die Angst übrigens aus den stark geschminkten Gesichtern der Clowns. Das Nicht-Erkennen-Können von Gesichtszügen sorgt für Unbehagen, was auch evolutionär ein wichtiger Reflex ist, denn so können wir nur schwer einschätzen, ob Gefahr droht."

Rupert Sternberg riss seinen Blick von den verstörenden Zeichnungen los, stand auf und schritt zum Fenster: In der regnerischen Herbstnacht trieb der Wind Wolken vor sich her, die für einige Augenblicke die Sicht auf eine abgemagerte Mondsichel freigaben.

„Wieso diese verdammten Clowns? Warum malt Leon ausgerechnet *Clowns*?", stellte er die rhetorischen Fragen in den Raum, die längst auch Elli durch den Kopf spukten. Die zuckte mit den Schultern. „Wir waren nicht mit Leon im Zirkus, und in der Stadt habe ich auch keine Plakate von einem Zirkus bemerkt, obwohl ich heute gezielt darauf geachtet habe", sagte sie. „Keine Filme, keine Serien, in denen Clowns vorkamen...", setze Rupert die Aufzählung fort und stockte. „Moment... Doch, da war etwas!" „Was haben wir denn vergessen?", fragte Elli. Rupert wandte sich von der Panoramascheibe ab. „Wir haben nichts *vergessen*. Ich habe etwas *verdrängt*. Es ist drei Wochen her. Da sind Leon und ich einem Clown begegnet." Elli runzelte die Stirn. Dann begann Rupert Sternberg, ihr von der Begegnung zu erzählen.

KAPITEL 7

DREI WOCHEN VORHER

„Weg!", sagte Leon und zeigte mit dem Finger in Richtung des Einkaufszentrums Minto hinter seinem Vater. Rupert Sternberg drehte sich um. Einige Passanten schlenderten über den Sonnenhausplatz, dessen Glitzerasphalt im schwachen Schein der Herbstsonne seinem Namen Ehre machte. Andere flanierten über die Hindenburgstraße, die zwischen Sonnenhausplatz und Minto verlief, das mit seiner in Braun- und Beigetönen gehaltenen Lamellenfassade die Kulisse dominierte.

Sternberg drehte sich wieder seinem Sohn zu, der breitbeinig auf einer der sieben bronzenen Eselskulpturen saß, die den Platz zierten. „Was ist weg?", fragte er seinen Sohn.

„Der Clown. Er hat gewunken. Jetzt ist er weg", gab Leon zurück und reckte die Arme nach oben, wie er es immer tat, wenn er auf den Arm genommen werden wollte.

Sternberg hob Leon von dem Esel und spähte über die Schulter. Was für ein Clown sollte das denn gewesen sein?, überlegte er. Leon zeigte mit dem Finger auf einen anderen Esel, auf dem er nun reiten wollte. Sternberg setzte ihn auf den glänzenden Rücken des Bronzeesels, als er neben dem Sonnenhaus, das dem Platz seinen Namen verliehen hatte, den Clown bemerkte. Mit orangenen Locken, die der frische Herbstwind zerzauste, und absurd großen Schuhen stakste er in einem weiß-roten Kostüm mit flauschigen Bommeln als Knöpfe über den Sonnenhausplatz direkt auf ihn und Leon zu. Hinter sich zog er einen mit bunten Luftballons und Luftschlangen dekorierten Bollerwagen her.

Sternberg wandte sich schnell an Leon. „Wollen wir ins Café Hoffmanns?", fragte er Leon und nickte in Richtung des nur wenige Schritte entfernten Cafés im Sonnenhaus. Im Café Hoffmanns gab es eine gläserne Abholtheke, genau in Leons Augenhöhe. Leon würde ein Stück Kuchen sehen, sich dafür entscheiden, um sich dann für ein anderes zu entscheiden, bevor er ein noch besseres Stück entdecken würde. Das könnte, hoffte Sternberg, lange genug so gehen, bis dieser Clown wieder verschwunden war. Doch es war schon zu spät!"

„*Halloooohooo!*", begrüßte der Clown Leon noch aus einigen Metern Entfernung. Sternberg zwang sich zu einem Lächeln. „Na, mein Kleiner, wie heißt du denn?", fragte der Clown und beugte sich breit grinsend vor. „Leon", murmelte Leon, ohne den Clown anzusehen und so leise, dass der es leicht hätte überhören können. „Leon!", echote der Clown und lachte. Sternberg musterte den Clown skeptisch. Es war keiner von den Krankenhaus-Clowns, die man früher auf der Hindenburgstraße mit einer Spendendose klappernd gesehen hatte, wenn diese Geld für krebskranke Kinder gesammelt hatten. Auch sah Sternberg kein Firmenlogo, keinen Hinweis auf einen Zirkus, der so Werbung machen wollte.

Auf der Ladefläche des Bollerwagens quetschten sich Spielsachen: Stoffelefanten, bunte Plüschpapageien, Teddybären, wie Leon sie liebte, und in der Mitte, etwas erhöht wie auf einem Thron, eine Clownpuppe. Anders als alle anderen Spielzeuge war die Clownpuppe in einer Box aus transparentem Plastik verpackt, die Sternberg unwillkürlich an den gläsernen Sarg von Schneewittchen erinnerte, wie er in einem von Leons Bilderbüchern gemalt war.

„Na, Leon, willst du einen Luftballon?", hörte er den Clown fragen.

Leon, der immer noch auf dem Bronzeesel saß und sich an dessen langen Metallohren festhielt, nickte. Der Clown löste mit ein paar geübten Handgriffen einen roten Heliumballon von seinem Bollerwagen und hielt ihn Leon hin. „Hier, nimm ihn dir, mein Kleiner! Aber pass auf: Die Luftballons fliegen. Sie fliegen alle!" Auch auf dem Luftballon kein Firmenlogo, bemerkte Sternberg, als sein Sohn den Ballon aus der weiß behandschuhten Hand des grinsenden Clowns entgegennahm. „Aber ich habe noch mehr für dich! Ich glaube, heute ist dein Glückstag, Leon!" Der Clown löste einen bunten Stoffbeutel von seinem Bollerwagen und öffnete ihn. Darin purzelten kleine zusammengerollte Lose umher. „Nimm mal eins. Du hast bestimmt Glück!", rief der Clown.

Perplex sah Sternberg mit an, wie Leons kleine Hand schon in den Losbeutel griff, darin herumwühlte, bevor er eines herauszog. Der Clown nahm Leon das Los sofort aus der Hand, entrollte es und jubelte: „Heute ist wirklich dein Glückstag! Herzlichen Glückwunsch!

Das ist der *Hauptgewinn*!" Dann steckte sich der Clown das Los in den Mund und zerkaute es, wobei er ein gespielt-genüssliches „Njam, Njam" von sich gab. In übertrieben langen Schritten wanderte er um den Bollerwagen herum. Leon hätte wahrscheinlich jetzt lachen sollen. Doch er verfolgte schweigend und mit großen Augen jede der Bewegungen des Clowns, der sich nun über die Clownpuppe im „Schneewittchensarg" beugte, sie theatralisch von der Ladefläche nahm und einen Tusch summte. „Bitteschön!", rief der Clown, grinste erneut und streckte Leon den „Hauptgewinn" entgegen. Leon zeigte mit dem Finger auf den Bollerwagen und schüttelte den Kopf, so dass die Bommel auf seiner grünen Wollmütze wackelte. „Da! Der Bär!" „Magst du denn keine Clowns?", fragte der Clown mit übertrieben gespielter Traurigkeit. „Nein! Der Bär!", entgegnete Leon gleichermaßen ehrlich wie taktlos.

Der Clown zögerte einen Moment. „Wenn du den Clown nicht nehmen möchtest, dann wird er *sehr, sehr* traurig!", sagte der Clown immer noch mit der gleichen übertrieben gespielten Traurigkeit. Doch Rupert Sternberg sah, wie die Worte in Leon etwas auslösten. Mit seinen großen Augen blickte er zwischen der unbegehrten Clownpuppe und dem Clown, der ihm diesen „Hauptgewinn" mit seinen Mickymaus-Handschuh-Händen entgegenstreckte, hin und her. Dann hob Leon zögerlich die kleinen Hände.

Die ganze Aktion hatte nur Sekunden gedauert, die Rupert Sternberg perplex mitverfolgt hatte. Doch nun explodierte Wut in ihm, als der Clown seine emotionale Erpressung fortsetzte: „Du *musst* ihn behalten! Er will dein bester Freund sein!"

Weiter kam er nicht. Sternberg stellte sich zwischen Leon und den Clown: „Okay, Leon! Der Clown findet auch andere beste Freunde. Wenn du willst, dann setzen wir ihn wieder auf den Bollerwagen! Dann fahren die beiden hier *ganz schnell zu ihrem Zirkus zurück*!"

Sternberg war bei dem letzten Teil des Satzes immer lauter und im Ton schärfer geworden, nun funkelte er den Mann im Clownkostüm wütend und auffordernd an. Der ignorierte ihn, blickte nur auf Leon hinunter, der mit einem roten Luftballon in der Hand auf dem

Rücken des Bronzeesels saß und die Clownpuppe betrachtete, die dort vor ihm in ihrer
Plastikbox lag. „Willst du denn etwa, dass ich
deinen neuen besten Freund wieder auf den
Wagen lade?", fragte der Mann im Clownkostüm. Leon schüttelte den Kopf und antwortete leise: „Nein!" Der Mann im Clownkostüm grinste Rupert Sternberg an. „Viel
Spaß Freunde! Wir sehen uns! Ich muss ganz
schnell zu meinem Zirkus zurück!" rief er, lachte und setzte sich mit seinem Bollerwagen
schon wieder in Bewegung in Richtung Minto.

„Alles okay, Papa?", fragte Leon. Es war die
Frage, die er Leon immer stellte, wenn der sich
erschreckt hatte oder hingefallen war. Sternberg atmete tief ein und aus. Dann antwortete
er mit wenig Überzeugungskraft in der Stimme:
„Ja. Alles okay, Leon."

Leon streckte die Arme in die Luft, Rupert hob
ihn von dem Eselsrücken und klemmte sich die
verpackte Clownpuppe unter den Arm. Leon
zeigte auf das Café Hoffmanns. „Da, Papa!"

Während Rupert Sternberg Leon auf den Eingang des Cafés zutrug, spähte er mehrmals
über die Schulter, ob sich dieser Clown noch

hier herumtrieb. Aber er war verschwunden, und von dem Spuk nur noch die hässliche Clownpuppe geblieben.

KAPITEL 8

MORGENGRAUEN

Der Mond stand noch als dürre Rinde am nachtschwarzen Himmel, als Rupert Sternberg, seine Krawatte bindend, aus dem Schlafzimmerfenster blickte. Vor seinem Haus schlich eine einsame Katze über die Straße, auf der noch kein Auto fuhr. Die roten Digitalziffern von Sternbergs Radiowecker zeigten 5.50 Uhr. Gleich noch eine Banane und ein Müsli zum Frühstück, den ersten Kaffee gab es dann im Büro, plante Rupert die nächsten Schritte und gähnte. Er war spät dran, in seinem Heimbüro hatte er vorhin einen Aktenordner nicht dort gefunden, wo er hingehört hätte. Sicher hatte er den Ordner in seinem Büro in der Staatsanwaltschaft liegen gelassen und daher heute Morgen kostbare Minuten verschwendet. Doch egal – er würde jetzt noch schnell in Leons Zimmer gehen, seinem Sohn über den Kopf streicheln und ihm zuflüstern, dass sie beide heute Abend noch mit Bauklötzen spielen oder sich ein Bilderbuch ansehen würden... Rupert Sternberg ging davon aus, dass Leon das höchstens im Halbschlaf mitbekommen würde, aber das war völlig in Ordnung. Wenn sein Sohn weiterschlief, wäre das bei dessen aktueller Verfassung das Beste, was ihm passieren könnte. Dennoch wollte Rupert Sternberg sich diese Verabschiedung nicht nehmen lassen und war sich sicher, dass sie auch Leon etwas bedeuten würde.

Er nahm sein Jackett vom Kleiderhaken an der Schranktür, da hörte er Leon husten. Rupert verzog bei dem Geräusch das Gesicht, als würde sein eigener Hals schmerzen. Abnorme Müdigkeit, Appetitlosigkeit, Gewichtszunahme – jetzt noch eine Erkältung? Bloß nicht auch das noch, dachte Sternberg, schritt auf Leons Zimmertür zu und schob sie vorsichtig auf. Leon wälzte sich unter seiner Bettdecke umher und hustete erneut.

Sternberg setzte sich auf die Bettkante und strich Leon über den Kopf. Die Haare klebten schweißnass, die Stirn schien zu glühen. Leon drehte sich wieder in seinem Bett. Dann blickte er seinen Vater müde an. „Ist Mama schon wach?", fragte er mit heiserer Stimme. „Sie frühstückt gerade", antwortete Rupert. „Trägst du mich zu ihr?"

Leon tragen?, fragte sich Sternberg. Als Leon gerade laufen gelernt hatte, wollte er nicht mehr getragen werden. Dann, als er schon längere Zeit laufen konnte, wollte er plötzlich wieder ständig getragen werden. Aber seit einiger Zeit war er ja nach eigenen Angaben „kein kleines Kind mehr", weshalb Tragen für ihn eigentlich nicht mehr in Frage kam.

„Aber klar", antwortete Sternberg, griff Leon unter die Arme und wuchtete ihn hoch wie einen Sandsack. Dabei schoss Sternberg ein stechender Schmerz durch den Rücken. Leon schien wirklich an Gewicht zugelegt zu haben. Aber wann hatte er ihn auch das letzte Mal getragen? Außerdem ließ der Junge sich völlig hängen, was es nicht einfacher machte.

Leon verabschiedete sich nuschelnd von seinen Stofftieren: „Tschüss, Bär! Tschüss, Eule Eugen! Tschüss, Piepiep! Tschüss, Muh! Tschüss, Clown Pogo!"

Sternberg hätte vor Schreck seinen Sohn fast fallen lassen. „Was hast du gesagt?", fragte Rupert in die Dunkelheit des Kinderzimmers und hörte den Schreck in der eigenen Stimme: „Tschüss, Bär! Tschüss, Eule Eugen...", begann

Leon erneut . „Nein, das Letzte!", unterbrach ihn Sternberg mit trockenem Mund. „Tschüss, Clown Pogo!", wiederholte Leon und zeigte mit dem Finger in die Ecke seines Zimmers. Neben einem Teddybären, einer Plüscheule, einer Kohlmeise und einer Kuh saß da die hässliche Clownpuppe, die Leon bei dem aufdringlichen Clown gewonnen hatte.

In Gedanken sah Sternberg wieder, wie der als Clown verkleidete Mann sich mit einem breiten Grinsen heruntergebeugt und Leon die Clown-puppe mit den weiß behandschuhten Händen entgegenstreckt hatte. Bei dem Gedanken daran musste sich Rupert zusammenreißen, um sich vor Abneigung nicht zu schütteln.

„Ich wusste gar nicht, dass er Pogo heißt", sagte er und hoffte, dass es gleichgültig klang. Leon gähnte und nuschelte dabei: „Das hat mir sein großer Bruder erzählt."

„Wer ist denn sein großer Bruder?", hakte Sternberg nach. Leon hustete wieder und krächzte dann: „Kennst du nicht." Sternberg spürte, dass er so nicht weiterkommen würde.

„Du klingst erkältet. Zieh dir erstmal Hausschuhe an!"", beschloss er, setzte Leon sanft auf dem Teppichboden ab, knipste das Licht an – und erstarrte wie jemand, dem ein Geist begegnet.

„Was ist denn mit deinen Füßen los?", fragte Sternberg. Leon zuckte mit den Schultern. Hinter ihm kam Elli die Treppe hoch, sah ihren kleinen Sohn im hellblauen Schlafanzug da stehen und schlug sich die Hände vor den Mund. Nach einigen Sekunden gewann sie allmählich ihre Selbstbeherrschung zurück. „Du... du...", begann sie, noch mit Fassungslosigkeit in der Stimme, „du hast ja völlig verdreckte Füße, als wärst du durch den Wald gelaufen!"

Leon sagte nichts, sondern hustete nur. Rupert drehte sich um, ging zurück in Leons Zimmer zu dem Minigebirge aus dessen zerwühlter Bettdecke, packte sie und zog sie am Fußende hoch. Wie er befürchtet hatte: erdbraune Flecken. Sternberg ging in die Hocke, inspizierte den Schmutz genauer: Krümelige Erde, eine grasartige Pflanzenfaser und eine Beere, die durch ihre Marmorierung an eine Wachtelbohne erinnerte. Doch es war der Samen einer anderen Pflanze, das wusste Sternberg. Eine Handbreit daneben entdeckte er eine weitere solche Beere.

Als Leons Tage aus Krabbeln, Sabbeln und Alles-in-den-Mund-Nehmen bestanden hatten, hatte Rupert Sternberg ein Wochenende damit verbracht, sich über giftige Pflanzen zu informieren. Die Eibe im Garten hatte er abgehackt und den Fingerhut ausgerissen. Er kannte seitdem sämtliche Pflanzen und wusste, was hier in der Straße und der näheren Umgebung wuchs. Das, was da vor ihm auf Leons Bettlaken lag, war sehr giftig. Und Rupert Sternberg war sich sicher, dass diese Pflanze nicht in ihrem Garten, der Straße, in der sie wohnten, und auch nicht in der näheren Umgebung zu finden war.

KAPITEL 9

SONNENHAUSPLATZ

Jetzt brauchen wir Hilfe, dachte Rupert Sternberg. Oder nein: Wir brauchen schon *seit Tagen* Unterstützung und haben es nur nicht gemerkt. Ein Blick auf seine Armbanduhr erinnerte ihn daran, dass die Zeit seiner Mittagspause verrann. Suchend sah er sich auf dem Sonnenhausplatz um. Hier war er mit den Menschen verabredet, mit denen er offen reden konnte, und bei denen er sich sicher war, dass sie ehrlich und konstruktiv mit ihm über die verstörenden Ereignisse der letzten Tage – oder besser gesagt der letzten Nächte – sprechen konnte. Sternberg zog eine kleine Kunststofftüte, wie sie Polizisten bei Tatortsicherungen benutzen, aus der Jacketttasche und betrachtete kopfschüttelnd die plattgedrückte Beere mit der auffälligen Marmorierung.

„Aber Herr Oberstaatsanwalt, haben Sie etwa vor, diesen verdächtigen Inhalt Ihrer Tüte zu verkaufen?", hörte er eine Männerstimme. Sternberg blickte auf. Vor ihm standen zwei Männer, von denen der kleinere ihm einen Polizeiausweis entgegenstreckte.

„Schön, dass Sie gekommen sind, Herr Declare!", begrüßte Sternberg ihn und nickte dann dessen Begleiter zu: „Danke, dass auch Sie sich Zeit genommen haben, Oskar Pelzer."

Tom Declare musterte die marmorierte Beere in der Plastiktüte, sah dann wieder Sternberg an. „Wen wollen Sie denn damit vergiften?" Sternberg konnte darüber nicht lachen. „Sie und ich haben beide nicht viel Zeit. Gehen wir einen Kaffee trinken. Ich muss mit Ihnen über so einiges reden", sagte er.

Die Gemütlichkeit des Café Hoffmanns mit seinem Ensemble aus Sesseln und Stühlen, die aussahen, als seien sie aus verschiedenen alten Wohnzimmern zusammengewürfelt, konnte Sternberg heute, anders als sonst, nicht genießen. Auf einem kleinen Schnörkeltisch, an dem er mit Declare und Pelzer Platz genommen hatte, lag sein Smartphone. Der Klingelton war auf die lauteste Stufe gestellt, damit er einen Anruf von Elli auf keinen Fall verpasste. Neben dem Smartphone lag auf einem Porzellanteller mit filigranem Blumendekor ein Schokoladen-Muffin – Leons Favorit hier –, doch

Sternbergs Angst hatte jeden Gedanken an Essen aufgefressen.

„Fassen wir das, was Sie uns erzählt haben, doch einmal zusammen", schlug Oskar Pelzer vor und stellte seinen Latte Macchiato auf dem kleinen Tisch zwischen ihnen ab.

„Nachdem Leon tagelang kaum Appetit hat und ständig müde ist, vermuten Sie, dass Ihr Sohn neuerdings schlafwandelt", resümierte Pelzer. Sternberg nickte mit versteinerter Miene. „Aber es kommt noch schlimmer. Sie vermuten, dass Leon beim Schlafwandeln nicht nur kurz durch ihren Garten stapft. Sie befürchten, dass er weite Strecken durch die Nacht tapst. Und dass es da, wo er herumstreift, besonders gefährlich ist."

Sternberg schluckte schwer, als er das, was er, Elli und vor allem Leon in den letzten Tagen durchgestanden hatten, so schonungslos und präzise auf den Punkt gebracht hörte. Pelzer schlug den Blick nieder, dachte nach. „Was die Beeren angeht, die Sie in Leons Bett gefunden haben, teile ich Ihre Einschätzung. Ich denke auch, dass sie von einem ‚Wunderbaum' beziehungsweise einer ‚Christuspalme', wie die

Pflanze auch genannt wird, stammen." „Die Samen dieser Pflanze sollen sogar durchaus gut schmecken", griff Sternberg das Gesagte auf, „aber nach einer Latenzzeit von einigen Stunden bis zu zwei Tagen beginnt es mit schweren gastroenterologischen Störungen, wie blutigem Erbrechen, blutigen Durchfällen, Koliken, Krämpfen... Durch Atemlähmung und Herzversagen tritt der Tod ein."

Sternberg blickte erst Pelzer, dann Declare fest ist die Augen und ergänzte: „Bei Kindern liegt die tödliche Dosis bei 1-6 Samen!" Jetzt war es Pelzer, der schwer schlucken musste.

„Elli ist heute mit ihm beim Arzt. Zum einen, weil Leon heute Morgen sehr heftig gehustet hat, zum anderen um die zweite Beere, die ich gefunden habe, vorzuzeigen und gegebenenfalls untersuchen zu lassen", schob Sternberg nach. „Wenn Ihr Sohn nachts unterwegs war, würde die Erkältung ja ins Bild passen", murmelte Tom Declare.

„Das ist noch nicht alles", sagte Sternberg ernst und nahm sein Smartphone vom Tisch, entsperrte den Bildschirm und öffnete eine Bildergalerie, in der er die abfotografierten

Kinderzeichnungen von Leon gespeichert hatte. Eines nach dem anderen der verstörenden Motive wischte Sternberg vor den Augen der beiden Polizisten über den Bildschirm. Je mehr Bilder er ihnen zeigte, desto stärker glaubte Sternberg, die wachsende Anspannung der beiden Ermittler zu spüren.

„Der Mond scheint eine wichtige Rolle zu spielen", stellte Pelzer nachdenklich fest.

„Leon findet den Mond im Moment ganz toll. Vor ein paar Wochen haben wir über die Lunation, also die Mondphasen gesprochen, weil es ihn so interessierte", sagte Sternberg. Pelzer blickte ihm in die Augen, der Oberstaatsanwalt spürte, dass dem Polizisten etwas aufgefallen war.

„Haben Sie uns die Bilder in der Reihenfolge gezeigt, wie Leon sie gemalt hat?", fragte Pelzer. Sternberg nickte. „Darf ich mal?", fragte Pelzer und nahm Sternberg das Handy aus der Hand, um sogleich an den Start der Bilderserie zurückzugehen.

„Eine Mondphase dauert im Schnitt 29,5 Tage. Im Moment befinden wir uns im so genannten

‚letzten Viertel', also dem ‚abnehmenden Mond'", begann Pelzer. „Und Leon hat hier das gemalt, was wir umgangssprachlich als ‚Halbmond' bezeichnen."

Rupert Sternberg nickte nachdenklich. Er vermutete, worauf der Polizist hinauswollte, und diese Vorstellung gefiel ihm gar nicht.

Pelzer wischte mit dem Finger über das Display, sie betrachteten ein weiteres Bild. „Der Mond ist hier dünner gezeichnet als auf dem Bild vorher", kommentierte Pelzer und wischte zum nächsten Bild: „Der Mond hat hier weiter abgenommen. Das passt in den Ablauf des derzeitigen ‚letzten Viertels'. Und das könnte darauf hindeuten, dass die Bilder nicht reine Fantasie sind, in denen der Mond als ein Element auftaucht, das Kinder einfach gerne malen. Hier könnten es Beobachtungen sein."

Sternberg biss sich auf die Unterlippe und überlegte fieberhaft.

„Und wenn das so sein sollte, dann können wir daraus weitere Informationen ziehen", fuhr Pelzer fort und blickte Sternberg an. „Sie haben Leon doch bestimmt erzählt, wann man den ‚zunehmenden Mond' und wann den ‚abnehmenden Mond' sehen kann." Sternberg nickte. In Gedanken sah er sich mit Leon im Garten stehen, den Kopf in den Nacken gelegt, zum Abendhimmel schauend. „Können wir uns bald den abnehmenden Mond anschauen?", hatte Leon gefragt. „Dann schläfst du schon lange", hatte Rupert geantwortet. „Der ‚zunehmende Mond' ist vor allem in der ersten Nachthälfte zu sehen. Der abnehmende Mond in der zweiten Nachthälfte." Waren das also Eindrücke von Leons nächtlichen Streifzügen?

„Aber wenn er geschlafwandelt ist, wie soll er dann diese Dinge bewusst wahrgenommen haben?", riss Tom Declares Stimme den Oberstaatsanwalt aus dessen Gedanken und fragte weiter: „Haben Sie einen Baby-Monitor? So einen mit Kamera?"

„Nein", antwortete Sternberg. „Die ersten Jahre hat Leon bei uns im Schlafzimmer geschlafen und sein Zimmer, in dem er jetzt schläft, ist direkt nebenan."

„Wenn ich so etwas bei meiner Tochter erleben müsste, würde ich mir ein solches Gerät besorgen", meinte Pelzer eindringlich.

„Da müssen Sie mich nicht überzeugen", entgegnete Sternberg und warf einen hektischen Blick auf seine Armbanduhr. Seine Mittagspause war seit sieben Minuten vorbei. „Ich danke Ihnen sehr!", sagte er zu Tom Declare und Oskar Pelzer. „Ich möchte nicht länger Ihre Zeit in Anspruch nehmen. Entschuldigen Sie mich jetzt bitte. Ich muss rüber ins Minto und so einen Baby-Monitor besorgen."

KAPITEL 10

STERNBERGS HAUS

Die tiefstehende Sonne färbte den Abendhimmel rot und ließ Rupert Sternberg einen Moment innehalten, bevor er die Autotür seines Wagens zuschlug. Die Straße, in der er mit seiner Familie wohnte, war von einem orangegelben Teppich aus herabgefallenem Laub bedeckt, einige Hauseingänge seiner Nachbarn zierten fußballgroße Kürbisse. Sternberg schritt auf den Eingang seines Hauses zu und kramte seinen Schlüssel aus der Hosentasche, als er gegen etwas Festes trat und stolperte. Was war das? Neben seiner Haustür lag ein Kürbis von der Größe eines Medizinballs, der ihn mit einer hineingeschnitzten Halloween-Grimasse angrinste. Die Haustür öffnete sich einen Spalt, und Leon lächelte hinaus. „Papa?", rief er fragend und hustete. Dann zeigte er auf den Halloween-Kürbis: „Guck mal, was ich und Mama heute gebastelt haben!"

Leon rannte ins Wohnzimmer und kletterte auf das Sofa, wo Elli mit einem Stapel Kinderbücher wartete. Rupert Sternberg setzte sich zu ihnen, wobei ihm mit Unbehagen auffiel, dass neben Leons Teddybär auch die Clownpuppe auf der Couch neben Leon saß.

„Wie kommt es, dass du so früh zurück bist?", fragte Elli ihren Mann erstaunt. „Ich habe ein paar Unterlagen hier vergessen. Die werde ich nachher raussuchen und dann hier noch etwas arbeiten."

„Hattest du denn nicht heute Morgen gesagt, dass du sie hier nicht finden kannst und die Unterlagen daher im Büro sein müssten?", fragte Elli nach.

Rupert nickte müde. „Da habe ich sie aber auch nicht gefunden. Und heute Morgen war hier ja so einiges los. Ich habe sie sicher übersehen."

Leon stand hustend auf und ging in Richtung Küche. „Mama und ich haben Kürbissuppe gekocht!" Elli hob entschuldigend die Hände: „Das war Leons Idee. Auch das mit dem wunderschönen Halloweenkürbis, über dessen Anblick sich die Nachbarschaft freuen darf!"

Rupert Sternberg nickte: „Den habe ich schon gesehen. Ganz schön stabil, dieses Ding."

„Und total faserig von innen. Ich hätte nicht gedacht, dass es so anstrengend werden würde, den auszuhöhlen", ergänzte Elli.

Leon kam mit einer Schale Kürbissuppe und einem Löffel in den Händen zurück. „Schmeckt super!", log Rupert, nachdem er einen Löffel probiert hatte.

„Wir haben ganz viele Bücher angeschaut!", erzählte Leon, der schon wieder auf dem Weg zur Küche war. „Und wir haben uns im Internet eine kleine Reportage über die Herkunft von Halloween angesehen!", fügte Elli hinzu. Leon stand wieder vor ihnen. „Was ist das?", fragte er und hielt seinem Vater den Karton mit dem Babymonitor entgegen. „Das ist so etwas wie ein Telefon zwischen deinem Zimmer und unserem Zimmer", erklärte Rupert. „Weil du krank bist, habe ich es gekauft, damit du immer sicher sein kannst, dass du nicht allein bist!" Leon strahlte begeistert.

„Du kannst aber auch bei uns im Zimmer schlafen, wenn du magst", schlug Elli vor. Leon schüttelte den Kopf. „Ich bin doch schon groß!" „Ich schlage vor, dass wir Drei den Babymoni-...ääh, das *Telefon* zusammen aufbauen", sagte

Sternberg. Er war überrascht, wie motivierend und fröhlich er klang, denn er hatte Angst vor der kommenden Nacht.

KAPITEL 11

NACHT

Rupert Sternberg drückte die Entertaste auf seinem Laptop, und der Babymonitor übermittelte über eine Bluetooth-Schnittstelle die Videoaufzeichnung auf seinen Bildschirm. Leon lag in seinem Bett und schlief. Das Infrarotbild war zwar schwarz-weiß, aber so gestochen scharf, dass man auf dem Bildschirm auch ohne Licht in Leons Zimmer selbst die Knopfaugen des Teddys erkannte. „Wir können die Aufnahmen auch speichern", erklärte Rupert, „ich denke, das sollten wir machen." Elli nickte. „Haus- und Gartentür sind abgeschlossen. Ich habe eben nochmal nachgesehen", sagte er. „Ja, es ist alles zu. Ich habe dreimal nachgesehen", versicherte ihm Elli.

Sternberg verkleinerte auf seinem Bildschirm das Fenster, in dem sie Leon schlafen sahen, daneben wurde die Ordnerstruktur seines Laptops sichtbar.

„Während ich weiter arbeite, werfe ich immer wieder einen Blick auf ihn", versprach Rupert. „Ich werde noch eine Weile an dem Vortrag arbeiten müssen. Das kann ich auch hier machen und dabei den Bildschirm im Auge behalten.

Geh du doch schlafen", schlug Elli vor. Rupert massierte sich die Schläfen, als habe er plötzlich Kopfschmerzen bekommen. „Ich muss gefühlt einen halben Arbeitstag aufholen. Die Unterlagen, von denen ich mir nicht erklären kann, wo sie sind, haben mich zurückgeworfen und die Zeit zum Kauf des Babymonitors war auch... wie soll ich sagen? Na ja, arbeitsrechtlich mehr als bedenklich. Insgesamt macht mich das Ganze so mürbe... Ich kann mich kaum konzentrieren. Ich habe das Gefühl, dass ich diesmal scheitern werde. Und das bei einem Fall, bei dem ich nicht scheitern *darf*!"

„Vielleicht ein Grund mehr, dich hinzulegen", hielt Elli dagegen. „Also, wenn du es dir anders überlegst, dann sag einfach Bescheid. Okay?" Mit diesen Worten zog sie die Tür des Arbeitszimmers hinter sich zu.

Rupert Sternberg warf einen Blick auf den Monitor: Leon hatte sich in seinem Bett gedreht, schlief aber seelenruhig weiter. „Los geht's!", sagte sich der Jurist und öffnete den Pappdeckel eines Ordners auf seinem Schreibtisch.

Elf gelesene Seiten später überwältigte ihn ein Sekundenschlaf. Sternberg registrierte nicht, dass ihm die Augen zufielen. Er bemerkte, als er aufschreckte, dass er kurz eingenickt gewesen war. Das ist mir ja seit meinem Studium nicht mehr passiert, dachte er und blickte sofort auf seinen Bildschirm. Leon hatte sich zwischenzeitlich in seinem Bett erneut gedreht, schlief aber offenbar tief und fest. Ein weiterer Blick auf die Uhr am unteren Rand des Monitors: 02.24 Uhr. In etwa drei Stunden würde der Wecker klingeln. Bis 02.45 Uhr, dann reicht es, nahm sich Sternberg vor und suchte mit verklebten Augen die Stelle im Dokument, an der er aufgehört hatte zu lesen.

Er wusste nicht, wie viele Minuten seitdem vergangen waren, bis er Leon leise weinen hörte. Rupert schreckte hoch, blickte auf den Monitor: Das Fenster war schwarz. Er verfluchte die Technik, die sie schon in der ersten Nacht im Stich ließ, stand auf und schritt, so leise er konnte, auf seine Bürotür zu. Das Weinen verstummte. Egal! Er würde sofort nachsehen, was da los war. Durch den Flur wehte ein kühler Wind, als hätte jemand eine Tür oder ein Fenster offenstehen gelassen. Ein mulmiges

Gefühl kroch in Sternberg hoch. Er beschleunigte seine Schritte, erreichte Leons Zimmertür, auf der ein mit Luftschlangen verziertes Pappschild klebte, das er noch nie gesehen hatte. In bunten Buchstaben prangte darauf der Schriftzug: *„Besuch uns bald wieder im Schwarzen Zirkus"*. Jemand musste hier gewesen sein, schoss es Sternberg durch den Kopf, während er die Tür aufriss.

Auf einem Stuhl neben Leons Bett saß ein Clown. Sternbergs Magen krampfte sich zusammen, ein Zittern überkam ihn, die Angst schien ihm die Kehle zuzuschnüren. Es dauerte einige flache Atemzüge, bis er merkte, dass der Clown eine lebensgroße Puppe war, ein überdimensionaler Doppelgänger von der kleinen Clownpuppe, gegen die Sternberg eine Aversion hegte, seit der Clown auf dem Sonnenhausplatz Leon das Ding geschenkt hatte. Was muss das für ein geisteskrankes Wesen sein, das hier einbricht und so eine widerwärtige Puppe ablegt?, dachte Sternberg. Dann ruckte sein Blick zu Leons Bett. Sein Sohn lag vollständig unter einer Decke. Doch es war nicht seine Bettwäsche. Sternberg erkannte, dass Leon unter einem Leichentuch lag. Er hatte als Oberstaatsanwalt zu etlichen Terminen in der Gerichtsmedizin erscheinen müssen. Er kannte die Tücher, mit denen die Gerichtsmediziner die Toten abdeckten. Mit spitzen Fingern griff er nach dem Leichentuch, sein Herz raste, sein Gehirn erdachte alle möglichen Horrorvorstellungen davon, was er nun freilegen würde. Sternberg riss das Tuch weg und unterdrückte einen Schrei.

Unter dem Tuch lag Leon, das Gesicht weiß, die Lippen schwarz, schwarze Kreise um die Augen wie ein Panda. Sternbergs Gedanken überschlugen sich, er griff unter seinen Sohn und zog ihn hoch. „Papa?" Leon schlug die Augen auf, sie waren von Tränen völlig verquollen.

„Ich bin ja da!", hörte sich Sternberg sagen. Allmählich wurde ihm klar, was passiert sein musste. Jemand war bei ihnen eingebrochen, hatte die widerwärtige Clownpuppe neben dem Bett abgelegt und Leon dieses Clowngesicht geschminkt. Doch wie sollte das alles möglich gewesen sein?

„Das soll weg!", schluchzte Leon und wischte sich mit seiner kleinen Hand über das weiße Gesicht. „Sofort!", gab Sternberg zurück, schlug die riesige Clownpuppe vom Stuhl, setzte sich mit Leon auf dem Schoß hin und zog ein Taschentuch aus seiner Hosentasche, um sogleich die schwarze Farbe unter den Augen wegzuwischen. „Aua!", quengelte Leon. Schwarze Farbe klebte an dem Taschentuch, also ließ sich das Zeug wenigstens ohne weiteres abschminken. „Ist bald fertig", versuchte Rupert Leon zu beruhigen, doch der jammerte immer mehr und immer lauter. Farbe klebte an dem Taschentuch, doch die Kleinkinderhaut wurde trotzdem nicht sichtbar. Sternbergs Hände wischten immer hektischer über Leons Gesicht. Der schrie plötzlich schrill auf. Die Lippen, über die Rupert gerade gewischt hatte, waren nun völlig verformt, die Mundwinkel zogen sich bis in die Mitte der Wange, so als habe der Mund die Form der Weg-Wisch-Bewegung angenommen. Tränen schwammen in Leons Augen. Reflexartig wischte Sternberg auch die ab. Und als er das Tuch wegnahm, sah er, dass nun auch Leons Auge vollkommen verformt war und nicht mehr an der richtigen Stelle zu sitzen schien! Das Letzte, was Rupert Sternberg spürte, waren weiß behandschuhte Hände, die sich um seinen Hals legten und ihn schüttelten.

„*Elli?!*" Sie stand direkt vor ihm. „Du hattest einen Albtraum", sagte sie knapp. Doch die Anspannung in ihrem Gesicht und ihrer Stimme verrieten ihm, dass die Realität auch keine gute Überraschung für sie bereithielt. „Komm bitte mit zu Leons Zimmer!", bat Elli auch schon.

Schon im Flur bemerkte Sternberg die Spuren, die Leons Gummistiefel auf dem Laminatboden hinterlassen hatten: Kleine, erdige Profilabdrücke, die vom Treppenhaus zu seiner Zimmertür führten. Sie schoben die Tür auf, Leon atmete ruhig und regelmäßig. Rupert Sternberg spürte, wie sich von seinem Nacken aus über den ganzen Körper eine Gänsehaut ausbreitete, als er die kleine Clownpuppe in Leons Arm gekuschelt sah.

Elli hob behutsam die Bettdecke am Fußende hoch, schloss ernüchtert die Augen und ließ die Schultern hängen. Rupert spähte ebenfalls unter die Bettdecke: Leon hatte die Gummistiefel anbehalten, ebenso seine Jeans, über die sich Schlammspritzer zogen.

„Es tut mir so leid, ich bin eingeschlafen…", murmelte Rupert. „Ja, und ich auch!", gab Elli zurück. „Ich schaue mal nach, was auf der Aufzeichnung zu sehen ist. Ich werde sie schnell durchlaufen lassen und mir Stellen, an denen etwas passiert, genauer anschauen. Dann wissen wir wenigstens, wann und wie lange er weg war", beschloss Rupert und verließ das Kinderzimmer. Elli hockte sich neben das Bett und strich Leon über den warmen Haarschopf. „Guten Morgen, mein Schatz!", versuchte sie ihn, so sanft wie möglich, zu wecken. Leon brummte etwas Unverständliches, wälzte sich umher. „Du kannst gleich weiterschlafen", versprach Elli, „ich muss nur wissen, ob du Medizin brauchst und ob es dir gut geht." Leon drehte ihr das Gesicht zu. Seine Wangen waren rot, was aber bei ihm normal war, wenn er geschlafen hatte. „Gut", antwortete er müde, wobei es sich auch nicht so anhörte, als habe er Schmerzen. „Wie war denn deine Nacht? Hast du die ganze Nacht geschlafen?", hakte Elli nach. „Ja", antwortete Leon und fragte dann: „Schauen wir heute wieder Bilderbücher?" „Ja, natürlich." „Und kommt Papa heute wieder früher nach Hause?" „Wenn er kann, dann auf jeden Fall!" „Und wo ist Papa jetzt?" „Der muss in seinem Büro nachschauen, ob alles in Ordnung ist", antwortete Elli. Dann hörten sie Rupert vor Entsetzen schreien.

KAPITEL 12
VIDEO

Mit Leon auf dem Arm eilte sie in das Büro ihres Mannes. Der stand mit seinem Smartphone am Ohr und dem Rücken zu ihnen vor dem Fenster, vor dem noch immer das Dunkel der Nacht herrschte. „Vielen Dank! Bis gleich", sagte er gerade, das Telefonat schien beendet. Sein Gesicht war bleich, er atmete so hektisch, als sei er gerade vor einem Rottweiler davongerannt und hätte dabei noch über einen hohen Zaun klettern müssen.

„Mein Kollege Oskar Pelzer ist in etwa 15 bis 20 Minuten hier." Ruperts Blick schien durch Elli und Leon hindurchzugehen, er verzog das Gesicht zu einem gequälten Grinsen und sagte mechanisch: „Alles wird gut!"

Knapp fünfzehn Minuten später hörte Elli auf der Straße vor ihrem Haus Reifen quietschen und wie jemand Sekunden später, ohne Rücksicht auf noch schlafende Anwohner, die Autotür zuknallte. Wenige Augenblicke danach klingelte es an der Haustür, und Leon rannte in Richtung Eingang, weil er das Polizeiauto sehen wollte, obwohl Rupert schon dreimal erklärt hatte, dass sein Kollege kein Polizeiauto fuhr.

Im Wohnzimmer zog Rupert Sternberg eine Schublade, die sich oberhalb von Leons Griffhöhe befand, auf und nahm ein neues Malbuch voller Dinosaurier-Motive heraus. Eigentlich war es als Geburtstagsgeschenk gedacht, doch nun sollte es einen wichtigeren Zweck erfüllen, dachte Sternberg, als er das Malbuch in seinen Händen betrachtete. Dabei bemerkte er, wie sehr seine Hände immer noch zitterten.

„Der hat ja gar kein Polizeiauto!", rief Leon enttäuscht. Sternberg blickte auf. Sein Sohn trottete ins Wohnzimmer, hinter ihm gingen Elli und Oskar Pelzer. Sternberg hockte sich hin und streckte Leon das Malbuch entgegen. „Das ist für dich, mein Schatz!", begann er. „Kannst du die schönsten drei Bilder für uns ausmalen? Eins für Mama, eins für Oskar Pelzer und eines für mich?" Leon griff mit seinen kleinen Händen nach dem Malbuch und strahlte. „Wir müssen in meinem Büro ein paar wichtige Dinge besprechen. Gehst du so lange in dein Zimmer und malst? Sobald wir fertig sind, kommen Mama und ich dich holen, und es gibt Frühstück.

Okay?" Leon nickte und rannte los, dann fiel auch schon lautstark seine Zimmertür zu.

Ich werde heute kein Frühstück mehr herunterwürgen können, dachte Sternberg und wandte sich Pelzer und Elli zu. „Danke, dass Sie sofort gekommen sind", sagte er zu dem Kriminalbeamten. „Wir werden heute offizielle Schritte einleiten und eine Anzeige gegen unbekannt erstatten", fuhr er fort. Ellis Augenbrauen schnellten fassungslos in die Höhe, bevor ihre Gesichtszüge vor Entsetzen völlig entgleisten, als ihr Mann ergänzte: „Und zwar wegen Kindesentführung." Fassungsloses Schweigen. „Gehen wir in mein Büro und sehen uns das Video dieser Nacht an", beschloss Rupert Sternberg.

„Ich starte das Video etwa 10 Sekunden, bevor es passiert", erklärte Sternberg und drückte die Enter-Taste auf seinem Laptop. Das Bild von Leon, friedlich schlafend in seinem nächtlichen Kinderzimmer, erwachte auf dem Bildschirm zum Leben. Sie sahen, wie sich Leon in seinem Bett herumwälzte, aber zu schlafen schien. Aus den Lautsprechern des Laptops hörten sie Leon leise und regelmäßig atmen. Neben Leons Kopf ragten die Köpfe der Clownpuppe, seines

Teddys, und eines Plüschpapageis unter der Decke hervor. Am unteren, rechten Bildrand las Elli die Uhrzeit, zu der diese Aufnahmen entstanden waren: 3.00 Uhr. Dann drehte die Clownpuppe den Kopf und blickte direkt den schlafenden Leon an. Elli riss sich die Hand vor den Mund, hatte den Schock noch nicht überwunden, als die Puppe begann, mit Leon zu sprechen. „Halloooohooo!", gab sie mit einer elektronisch verzerrten Stimme von sich, gefolgt von einem hohen Kichern. Ellis Gedanken rotierten.

Das musste eine elektronische Puppe sein, ähnlich wie der Spielzeughund, den Leon sich zum Geburtstag wünschte, weil der Hund bellen und laufen konnte. Dann die Erkenntnis, dass es etwas anderes sein musste.

„Leon!", sagte die Clownpuppe und dann drängend: „Leon, wach auf! Es ist drei Uhr, du hast wenig Zeit!" Leon streckte seine kleinen Hände über den Kopf, wie er es auch tat, wenn sie oder Rupert ihn wecken wollten, er aber weiterschlief.

„Aufwachen!", zischte die Clownpuppe nun mit Wut in der elektronisch verzerrten Stimme.

Leon öffnete langsam die Augen. Die Clown-puppe blickte ihn direkt an. „Es ist Zeit für den Zirkus! Freust du dich schon?", flüsterte die Puppe übertrieben überschwänglich. Leon nick-te müde. „Na, dann los!", befahl die Puppe. „Zieh dir deine Gummistiefel an. Du bist ja schon krank, und deine Eltern machen sich solche Sorgen um dich!", zischte der Clown.

Leon setzte sich in seinem Bett auf, blieb ei-nen Moment müde sitzen, dann kletterte er heraus. „Los, beeil dich!", fauchte die Clown-puppe, um sogleich mit gespielter Heiterkeit nachzulegen: „Unsere Freunde warten doch schon!" Leon schlurfte durch sein Zimmer, schlüpfte in eine Jeans, holte seine Gummi-stiefel aus einer Zimmerecke und zog sie sich an.

„Hast du das Papierzeug, das du unseren Freun-den geben sollst?", fragte die Puppe ungeduldig. „Ja", antwortete Leon müde. „Pssst! Nicht so laut!", ermahnte ihn die Clownpuppe. „Es ist wichtig, dass du sie uns bringst. Du weißt doch: Sonst werden deine Freunde im Zirkus noch schlimmer krank. Und dann sterben sie. Du willst doch nicht, dass sie sterben, oder willst du das etwa?" Leon schüttelte entschieden den Kopf. „Dann beeil dich!", befahl die Puppe. Leon zog sich eine dünne Strickjacke über und nahm sich seinen Rucksack mit den Dinosaurier-Motiven, in dem er eigentlich seine Brote und Wasserflasche für die Kita verstaute.

„Los geht's ins Abenteuer! Der *Zirkus der dunkelsten Stunde* wartet auf uns!", flüsterte die Clownpuppe, als Leon sie aus dem Bett nahm und sich unter den Arm klemmte, und dann noch: „Ich sage dir, wo der Zirkus in dieser Nacht ist. Aber sei leise. Der Zirkus der dunkelsten Stunde ist nur für Kinder gedacht. Wenn Erwachsene uns folgen, werden *schlimme, schlimme Dinge* passieren!"

Auf dem Monitor sahen sie, wie Leon an dem Babymonitor vorbeiging, dann hörten sie noch, wie er leise seine Zimmertür öffnete und sich seine Schritte entfernten.

Elli starrte wie hypnotisiert und mit bleichem Gesicht auf den Monitor, der jetzt nur noch das verlassene Kinderzimmer zeigte. Rupert Sternberg klickte in der Zeitleiste das Video ein Stück vor. Am Bildrand lasen sie die Uhrzeit: 4.50 Uhr. Nun sahen sie, wie Leon zurückkehrte und an dem Babymonitor vorbei trottete. Seine Gummistiefel und Jeans waren schlammverspritzt. Er warf müde seine Kindergartentasche in die Ecke, legte die Clownpuppe ins Bett, zerrte sich die Strickjacke vom Oberkörper, kletterte dann mit seinen Gummistiefeln ins Bett und deckte sich und die Puppe zu. „Denk dran, Leon: Wenn Erwachsene vom Zirkus erfahren, werden *schlimme, schlimme Dinge* passieren!", mahnte die Clownpuppe. „Hast du das verstanden, Leon?" Leon gähnte. „Ja", nuschelte er. „Du versprichst uns also, dass du *nie, nie, nie* mit einem Erwachsenen über uns sprechen wirst?" Leon nickte. „Ich verspreche es!"

KAPITEL 13

SCHOCK

„Was ist das für ein Ding?", wimmerte Elli und blickte auf den Bildschirm, der nun als Standbild die Szene zeigte, in der Leon wieder neben der Clownpuppe im Bett lag, die Decke bis zu den Köpfen hochgezogen. Der Clown schien Leon direkt anzusehen.

Mit der Erinnerung an die verstörenden Aufnahmen war es vor wenigen Minuten für Elli fast unmöglich gewesen, sich so von Leon zu verabschieden, als sei nichts passiert. Normalerweise brachte sie ihn zur Kita und fuhr anschließend weiter zu ihrer Praxis. Doch heute war eine Nachbarin so nett gewesen und nahm Leon mit, da ihre Tochter in dieselbe Kita ging. Elli würde gleich alle Termine in ihrer Praxis, die für heute in ihrem Kalender standen, telefonisch absagen.

Ihr Mann, Oskar Pelzer und sie saßen wieder im Arbeitszimmer, vor ihnen dampften drei Tassen Kaffee vor sich hin, doch keinem war danach, etwas zu trinken.

„Ich vermute, wir haben es bei dem Ding mit einem ‚Connected Toy' zu tun", spekulierte Oskar Pelzer. Elli sah, wie sich ihr Mann die Hände vors Gesicht schlug, als habe er bis jetzt etwas gleichermaßen Wichtiges wie Offensichtliches übersehen. „Bei den Dingern schlagen Verbraucherschützer in Europa und den USA Alarm", fuhr der Polizist fort, um sogleich auszuführen: „Wenn Leon sich beim Spielen mit dem Clown unterhält, dann können beispielsweise Kriminelle via Bluetooth mithören. Und es kommt noch schlimmer: Technisch können sie sich auch in die Kommunikation zwischenschalten. Beispielsweise könnten Pädophile so über das Spielzeug mit Kindern kommunizieren, oder Diebe Kinder dazu bewegen, die Tür zu öffnen."

Elli glaubte zu spüren, wie ihr die Farbe aus dem Gesicht wich. „Aber ich dachte, wenn ich mit meinem Handy etwas über Bluetooth übertragen will, dann dürfen das sendende Gerät und das empfangende nicht sehr weit auseinander sein", hielt sie dagegen.

Pelzer nickte und erwiderte: „Was wir auf dem Video gesehen haben, hätte *rein technisch* Ihr

Nachbar gemacht haben können. Das unterstelle ich allerdings nicht. Es würde reichen, wenn in der Nähe Ihres Hauses nachts jemand in einem Auto sitzt und den Clown steuert." Elli schüttelte nur den Kopf.

„Tut mir leid, ich bin nach all dem völlig durch den Wind und daher etwas schwer von Begriff", entschuldigte sie sich. Pelzer lächelte verständnisvoll.

„Dieser Clown ist über Bluetooth mit einem Smartphone verbunden. Das könnte sogar eines von Ihnen sein, wobei auf dem Smartphone eine dazugehörige App installiert sein muss. Doch machen wir uns nichts vor: Alles, was mit dem Internet verbunden ist, kann gehackt werden und dann ist die App schnell drauf. Na ja, sehr wahrscheinlich ist die Puppe über einen solchen Weg auch mit dem Internet verbunden. Normalerweise natürlich für harmlose Funktionen. Ein Beispiel: Wenn Leon dem Clown eine Frage stellt, verbindet sich der Clown so mit dem Internet, um eine Antwort zu finden. Was Leon sagt, wird aufgezeichnet und durch ein ‚Sprache-zu-Text-Protokoll' in eine Suchanfrage umgewandelt."

Elli nickte. Sie erinnerte sich daran, einen Werbespot für ein solches Spielzeug gesehen zu haben und an das Werbeversprechen, dass diese Puppe der „beste Freund des Kindes" werden würde. Sie hatte diese Aussage unendlich traurig gefunden. Wie einsam musste ein Kind denn sein, dass seine Eltern ihm eine technische Puppe gaben, die „der beste Freund" werden sollte? Doch jetzt erst dämmerte ihr, dass diese „besten Freunde" mit den süßen Kunststoffgesichtern leicht zu trojanischen Pferden werden konnten.

Elli wandte sich Rupert zu: „Wusstest du, dass es so etwas gibt?" Ihr Mann blieb einen Moment unbewegt sitzen, dann antwortete er: „Ich habe davon gelesen. Bei dem Fall, der auch durch die Presse ging, verstießen außerdem die Nutzerbedingungen gegen EU-Recht. Der Hersteller behielt sich das Recht vor, die Bedingungen später zu ändern und das ohne Wissen der Endverbraucher. Zudem wollte er Daten für persönliche Werbung nutzen und diese an Dritte weitergeben. Die Unternehmen hätten sie umfassend nutzen können. Daten sind heute bares Geld wert. Ein Spielzeug hat Verbraucherverbände in Norwegen, Schweden, Frankreich,

Griechenland, Belgien, Irland und den Niederlanden alarmiert. Die wollten bei der nationalen Verbraucherschutz- oder bei der Datenschutzbehörde Beschwerde einreichen", erläuterte Rupert Sternberg.

„Der Fall, von dem du da sprichst..., das ist nicht die Puppe, die Leon hat, oder?", vergewisserte sich Elli. Rupert winkte ab. „Das war eine normale Puppe. Kein Clown."

Elli schüttelte fassungslos den Kopf. „Wir hätten doch erkennen müssen, dass mit diesem Ding etwas nicht stimmt", sagte sie.

„Nein, und das ist ja eines der Probleme, das diese Spielsachen mit sich bringen", hielt ihr Mann dagegen. „Man sieht eben nicht so ohne weiteres, was die Puppe kann und was für eine Technik in ihr steckt. Bei einer Überwachungskamera kann jeder erkennen, welchen Zweck sie erfüllt. Deshalb ist sie auch unter gewissen Bedingungen legal. Wenn jemand aber zum Beispiel eine Brosche trägt, in der eine Überwachungskamera versteckt ist, ist das illegal, weil sie die Abhörtechnik tarnt. Bei diesen Spielsachen ist es so ähnlich", erklärte Sternberg.

„Also sind solche Puppen sowieso verboten", folgerte Elli. Ihr Mann wog den Kopf hin und her: „Gegen das Gesetz verstößt so ein Gerät, wenn es in besonderer Weise dazu bestimmt ist, ,das nicht-öffentlich gesprochene Wort unbemerkt abzuhören'. Das ist bei diesem Spielzeug nicht der Fall, argumentierte damals der Hersteller, der in Europa Millionen der Puppen verkauft haben soll. Verbraucherschützer warnen auch vor einer anderen Puppe, die allerdings nur dann Gesagtes aufnimmt, wenn man einen Knopf gedrückt hält. Sowas ist rechtlich vermutlich nicht als Spionageanlage einzustufen."

„Und was wurde aus der anderen Puppe?", wollte Elli wissen. „Die Behörden wiesen die Händler an, sie aus den Regalen zu nehmen und nicht mehr zu verkaufen."

Elli konnte es nicht fassen. „Aber als diese Entscheidung durch war, mussten doch schon Millionen Kinder so ein Ding zuhause gehabt haben." Ihr Mann nickte. „Vermutlich. In jedem Fall hat die Bundesnetzagentur Eltern dazu aufgefordert, diese Puppe zu vernichten. Ihr Besitz war verboten worden, da die Behörde bestätigt hatte, dass sie eine ‚versteckte, sendefähige Anlage ist‘, die nach Paragraph 90 des Telekommunikationsgesetzes verboten ist. Wer die Puppe besaß und nicht freiwillig vernichtete, konnte mittels eines Verwaltungsaktes dazu aufgefordert werden, was im ungünstigsten Fall per Zwangsgeld von bis 225 000 Euro durchgesetzt werden konnte. Man durfte sich allerdings aussuchen, ob man die Puppe selbst zuhause vernichtete, oder es auf einem Recyclinghof machen ließ. Das konnte man sich sogar mit einem sogenannten ‚Vernichtungsnachweis‘ bestätigen lassen.“

Elli stand auf. „So einen Nachweis brauche ich nicht. Den Clown vernichte ich jetzt selbst!“, stieß sie hervor.

Pelzer hob beschwichtigend die Hände. „Warten Sie bitte!“, rief er. „Ich kann Sie gut verstehen. Aber ich glaube, Sie sollten das nicht tun. Zumindest vorerst nicht.“ Pelzer zögerte, bevor er fortfuhr: „Ich denke, wir brauchen den Clown noch. Ich möchte Ihnen einen Vorschlag machen, auch wenn ich gut nachempfinden kann, wenn er Ihnen ganz und gar nicht geheuer erscheinen wird.“

KAPITEL 14

DER PLAN

An diesem Morgen wälzten sich graue, regenschwere Wolken über den Himmel und ließen es nicht richtig hell werden, ein Wetter, das Ellis Gefühlswelt perfekt widerspiegelte. Sie starrte aus dem Fenster des Arbeitszimmers ihres Mannes, weil sie Oskar Pelzer, den sie sehr schätzte, einfach nicht mehr in die Augen sehen konnte.

„Um Leon zu schützen, müssen wir die Leute dingfest machen, die den Clown steuern und Leon so in der Nacht an einen unbekannten Ort locken. Und das muss so passieren, dass es juristisch verwertbare Beweise gibt. Und dafür soll Leon der Köder sein", fasste sie das zusammen, was sie verstanden hatte.

Pelzer ließ sich nicht auf eine so verkürzte Formulierung ein. „Wer so einen Aufwand betreibt, wird sich durch die Vernichtung des Clowns nicht abhalten lassen, weiter mit Leon in Kontakt zu treten. Aber jetzt fühlen die sich noch sicher. Alles scheint nach Plan zu laufen, ein Strategiewechsel ist also nicht nötig. Wenn sie Leon in der nächsten Nacht wieder herauslocken, dann wäre es das Sicherste, wir folgen ihm unauffällig und retten ihn spätestens aus der Situation, in der wir die Entführer als solche identifizieren und überführen können", führte Pelzer aus.

„Das kommt nicht in Frage. Da muss es andere Wege geben, und die werden wir gehen", widersprach Elli.

„Der Clown wollte, dass Leon ihm das ‚Papier-Zeugs' mitbringt. Ich vermute, dass es sich dabei um Unterlagen von Ihnen handelt", fuhr Pelzer, an Rupert gewandt, fort.

Der biss sich auf die Unterlippe, dachte an die Unterlagen, die er weder hier in seinem Arbeitszimmer noch in seinem Büro in der Staatsanwaltschaft hatte finden können. „Davon gehe ich auch aus", bestätigte er. „Und dann liegt es nahe, dass hinter dem Ganzen die Hairesis-Initiative steckt."

„Ist das diese Sekte, von der du mir erzählt hast?", fragte Elli.

Rupert nickte langsam. „Die Sekte, die ein Wirtschaftsimperium aufgebaut hat und deren Kerngeschäft verschiedene Militärdienstleistungsunternehmen sind. Ja, genau die Sekte, die ich mit dem von mir angestrebten Gerichtsverfahren verärgert habe."

Rupert legte Elli eine Hand auf den Arm. „Mir macht es auch Angst, wenn ich mir vorstelle, dass wir Leon heute Nacht aus dem Haus gehen lassen, damit ihn diese widerwärtige Clownpuppe zu diesem ‚Zirkus' führt. Aber er wäre diesmal nicht allein. Pelzer und seine Kollegen wären dicht hinter ihm. Ich vertraue denen. Was mir viel mehr Angst einjagt, ist die Vorstellung, was alles noch passiert, wenn wir dem Spuk nicht so schnell wie möglich ein Ende setzen. Ich habe bei den Ermittlungen gegen die Hairesis-Initiative gelernt: Der erste Schuss muss sitzen."

Elli massierte sich die Stirn, nahm sich Zeit zum Nachdenken. Dann sah sie Pelzer an: „Rupert und ich werden mit dabei sein." Sie spürte, dass dem Polizisten die Vorstellung, neben den Profis auch zwei unerfahrene Menschen bei dem Einsatz dabei zu haben, missfiel. Zumal Pelzer klar sein musste, dass sie beide in die Geschehnisse emotional extrem involviert waren. Doch der Polizist nickte. „Okay. Dann werde ich jetzt alles vorbereiten."

KAPITEL 15

DÄMMERUNG

„Gute Nacht, mein Schatz!", sagte Elli Sternberg mit bebender Stimme, zog Leons Decke noch ein Stück höher bis unter sein Kinn und gab ihm einen Kuss auf die Stirn. Sie musste sich zwingen, das Kinderzimmer zu verlassen und nicht zu weinen. Am liebsten hätte sie Leon einfach auf den Arm genommen und in Richtung der verdammten Clownpuppe, die grinsend in Leons Bett lag, gerufen, dass alle, die sie durch dieses Monster-Spielzeug hörten, sich zur Hölle scheren, aber ihr besser niemals in die Quere kommen sollten.

Beim Schließen der Tür warf sie noch einen prüfenden Blick auf den roten Holzstuhl vor dem Spieltisch. Natürlich hatte sie nichts vergessen. Dort lag ein dicker Wollpullover, eine wattierte Matschhose, eine gefütterte Regenjacke, außerdem warme Socken. Wenn Leon zu seinen Nachtwanderungen zu dem „Zirkus" aufgebrochen war, hatte er bislang die Kleidung übergezogen, die er in die Finger bekam. Daher hatte Elli darauf geachtet, dass er in dieser

Nacht nur Warmes und Regenabweisendes vorfinden würde.

Sie ging in ihr Arbeitszimmer und blickte kurz aus dem Fenster: Zwischen die am Bordstein parkenden Autos hatte sich knapp fünfzig Meter von ihrem Haus ein kleiner Transporter mit abgedunkelten Scheiben eingereiht. In dem saßen zwei Kollegen von Oskar Pelzer, die sie allerdings nicht kennengelernt hatte. Deren Namen – Günter Stern und Lowell Cabera – hatte Rupert aber in den letzten Jahren öfter lobend erwähnt. Die beiden würden Leon ab dem Moment, in dem er das Haus verlassen würde, unauffällig folgen. Außerdem waren sie es, die ihr, Rupert und Oskar Pelzer mitteilen würden, wohin ihn die Clownpuppe lotste. Abgesehen von der Vorstellung, dass Leon sehr wahrscheinlich von Mitgliedern der gefährlichen Hairesis-Initiative durch die Nacht zum „Zirkus der dunkelsten Stunde" geführt wurde, ängstigte Elli der Gedanke, dass sie und Rupert ihm erst nach einer gewissen Zeit folgen konnten. Das Argument, dass sie sonst leicht auffallen könnten, leuchtete ihr ein, doch haderte sie nicht aus rationalen, sondern aus emotionalen Gründen mit dieser Strategie.

Elli ließ die Rollladen herunter, so wie sie es immer um diese Uhrzeit tat. „Handeln Sie heute Abend nicht grundlegend anders als sonst. Aber vermitteln Sie den Eindruck, dass alle schlafen", hörte sie Oskar Pelzers Stimme in ihrer Erinnerung.

Sie verließ ihr Arbeitszimmer und schritt auf das ihres Mannes zu. Der saß, die Haare zerzaust, die Augen gerötet und das Kinn auf die Hände gestützt, vor dem Computerbildschirm, auf dem Leon in seinem Bett zu sehen war. Oskar Pelzer und Tom Declare standen hinter dem Oberstaatsanwalt und blickten ihm über die Schulter.

„Jetzt heißt es warten", sagte Oskar Pelzer und ließ sich auf einen Stuhl neben Sternberg nieder. Elli war zu nervös, um sich zu setzen, Tom Declare zog sein Smartphone aus der Hosentasche.

„Bevor ich mich gleich zu Günter und Cabera begebe, muss ich noch eine Sache loswerden. Mich hat immer wieder eine Frage beschäftigt, nämlich: Warum hat die Hairesis-Initiative – wenn sie dahintersteckt – ausgerechnet eine

Clownpuppe benutzt, um an Leon heranzu-
treten?"

„Haben Sie auch eine Antwort gefunden?", fragte Sternberg müde und ohne den Blick vom
Bildschirm zu nehmen.

Tom Declare ging nicht direkt darauf ein. „Im
Polizeipräsidium habe ich gehört, dass Sie ei-
ne Anzeige gegen unbekannt gestellt haben.
Wegen einer Horrorclown-Aktion."

„Na ja, da müssen wir den Vorfall etwas diffe-
renzierter sehen", entgegnete der Oberstaatsanwalt und fuhr sogleich fort: „Zunächst einmal
muss man mit Strafverfolgung rechnen, wenn
man auch nur zum Schein jemanden beispielsweise mit einem Messer oder einer Axt
bedroht. Den Eindruck zu erwecken, ein Auto
mit Benzin zu begießen, fällt ebenfalls in diese
Kategorie. Der Fall, den ich zur Anzeige gebracht habe, ging ja noch weit darüber hinaus.
Wenn ein Horrorclown mit seiner Aktion dafür
sorgt, dass beispielsweise jemand in Panik auf
die Straße flüchtet, dann sieht das schon rechtlich nach einem gefährlichen Eingriff in den
Straßenverkehr aus. In meinem Fall gab es fast
einen Auffahrunfall, weil der Fahrer vor mir

plötzlich eine Vollbremsung machen musste. Zudem sind die beiden Horrorclowns auch noch in einer Weise handgreiflich geworden, die meines Erachtens ganz klar den Tatbestand der Körperverletzung erfüllt."

„Das mag ja alles sein, aber haben Sie sich denn nicht gefragt, warum Leon ausgerechnet über eine *Clownpuppe* instruiert wird und warum Sie eine heftige Begegnung mit zwei *Horror-Clowns* hatten?", forschte Declare weiter.

„Ich sehe da keinen Zusammenhang", gab Sternberg zurück, ohne die Augen vom Bildschirm zu nehmen.

„Könnte es denn sein, dass die schon die ganze Zeit Ihre Coulrophobie gezielt gegen Sie einsetzen?", fragte Tom Declare.

Rupert Sternbergs Blick ruckte weg vom Bildschirm hin zu Tom Declare, dann weiter zu Elli, die nur die Hände und Schultern hochzog, eine Geste, die Rupert als ein „*Von-mir-weiß-er-das-nicht*" verstand.

„Woher wissen Sie das denn?", fragte er Declare. Der atmete hörbar aus, es klang wie ein Seufzen.

Offenbar war er nicht stolz, es herausgefunden zu haben.

„Vermutlich aus derselben Quelle wie die", entgegnete er mit Ernüchterung in der Stimme und hielt ihm sein Smartphone entgegen.

Auf dem Display sah Rupert Sternberg ein Foto von sich, auf dem seine Haut noch etwas glatter und seine Haare dunkler waren. Declare schob mit dem Finger das Bild nach oben weg. Darunter erschien ein Interview.

„Ich kann mich nicht mehr erinnern, was da alles gefragt worden ist", gab Rupert Sternberg zu.

Declare tippte auf eine Frage: „*Wovor haben Sie mehr Angst: Spinnen oder Schlangen?*" Darauf Sternbergs Antwort: „*Weder noch. Aber Clowns machen mir echt Angst!*"

„Ich kann mich an das Interview überhaupt nicht erinnern", stellte Elli fest, die ebenfalls auf Tom Declares Smartphone blickte.

„Das ist auch sehr alt", sagte der. „Etwa 15 Jahre. Es ist eines der Interviews, das Sie gegeben haben, nachdem die ‚Kommission Raptus' für ziemlichen Wirbel gesorgt hatte. Das hier war das einzige Interview, das einen gewissen Boulevard-Touch aufwies, und deswegen auch so eine private Frage enthielt."

Sternberg schluckte, dann sagte er: „Wenn die wirklich meine Coulrophobie gezielt gegen mich einsetzen, und das seit Beginn ihrer Operation, dann muss ich mich in ein paar Stunden bei diesem ‚Zirkus der dunkelsten Stunde' auf den schlimmsten Horror gefasst machen."

KAPITEL 16

LEON

„*Aufwachen, Leon! Der Zirkus wartet auf uns!*"
Die Stimme drang nur mühsam in Leons Bewusstsein durch. „Leon, steh auf!", drängte die Stimme. „Oder willst du, dass der Zirkus sterben muss?" Leon öffnete die Augen, wälzte sich auf die Seite und blickte die Clownpuppe Pogo an. „Ich bin ja schon wach", nuschelte er und richtete sich schlaftrunken auf. „*Beil dich!*", drängte Pogo immer wieder, während Leon sich Socken, Hose, Pullover, Jacke und seine blauen Gummistiefel anzog.

Wenige Minuten später trippelte er, den Kindergartenrucksack auf dem Rücken und Pogo unter dem Arm, durch den Flur, vorbei an der Schlafzimmertür seiner Eltern, den Arbeitszimmern, die Treppe hinunter, durch das Wohnzimmer zur Terrassentür. Er musste sie sehr vorsichtig öffnen, denn die Terrassentür quietschte oft, und wenn seine Eltern wach werden sollten, dann würden schlimme, schlimme Dinge passieren. Er zog die Tür nur einen Spalt auf und schlüpfte hinaus in die kalte Herbstnacht.

„Der erste Teil des Wegs ist derselbe wie immer!", meldete sich Pogo unter seinem Arm. Leon lief über den matschigen Rasen zum Gartentor, das von zwei Tonblumenkübeln flankiert wurde, die so hoch waren, dass sie Leon bis zur Brust reichten. Aus beiden ragte je ein kleines Nadelgehölz. Leon griff in den linken Kübel, zog den Schlüssel für das Gartentor heraus, schloss auf, öffnete das Gartentor, ging hinaus, schob das Tor zu, um es sofort abzuschließen und den Schlüssel unter einem moosbewachsenen Stein neben dem Gartentor zu verstecken.

Er lief einen plattierten Weg entlang, der zur Straße führte. „Jetzt links und dann geradeaus bis zur Kreuzung!", befahl Pogo. Leon blickte noch einmal über die Schulter zum Haus seiner Eltern. Die Rollladen waren bei allen Fenstern heruntergelassen. Dann schliefen Mama und Papa bestimmt.

„Beeil dich!", drängte Pogo. Leon setzte sich in Bewegung und wanderte die Straße entlang. Auch ihre Nachbarn hatten die Rollladen heruntergelassen, Autos parkten am Bordstein, aber kein Auto fuhr die Straße entlang, niemand kam ihm entgegen.

Leon ging nah an den Hauswänden entlang, denn so schaltete sich manchmal eine Lampe an, wenn er einem Bewegungsmelder nah genug kam. Hier und da blieb er stehen, um die Zierkürbisse, die bei einigen Nachbarn in den Hauseingängen lagen, zu betrachten. Alle waren kleiner als der, den seine Mama ihm gekauft hatte. Und bis jetzt hatte er nur zwei gefunden, in die auch ein Halloween-Gesicht geschnitzt worden war.

„Jetzt auf die andere Straßenseite!", meldete sich Pogo, als Leon an der Kreuzung stehen blieb. Leon sah nach links: kein Auto. Dann nach rechts: auch kein Auto. „Jetzt geh' schon! Es ist Nacht, dann fahren keine Autos!", drängte der Clown Pogo. „Doch! Da vorne!", widersprach Leon und hielt Pogo in die Luft, damit der besser sehen konnte. „Was ist das für ein Auto?", fragte Pogo sofort. Leon überlegte kurz, eines seiner Spielzeugautos sah genauso aus. „Das nennt man Kleintransporter oder Van!", erklärte er Pogo.

„Was macht der Van?", fragte Pogo nervös. „Er parkt", gab Leon zurück. Pogo schien nachzudenken, denn es dauerte ein paar Sekunden, bis er wieder sprach, dann: „Moment! *Parkt* der Van oder *fährt* er?"

„Er ist eben gefahren und jetzt parkt er", gab Leon geduldig zurück. Diesmal kam Pogos nächste Frage sofort: „Sind Leute ausgestiegen und nach Hause gegangen?"

Leon schüttelte den Kopf: „Nein."

„Wie weit ist der Van weg?", fragte Pogo. Leon dachte nach. „Ich glaube, 100 Meter. Oder einen Kilometer", antwortete er dann. Pogo gab etwas von sich, was Leon nicht verstand, das aber wie „*Fak*" klang. Dann: „Leon! Lauf jetzt auf die andere Straßenseite. Dann läufst du erstmal ganz lange geradeaus, bis du zu einer anderen Straße kommst. Du musst *laufen* Leon! Hast du das verstanden?" „Ja!" „Okay – dann lauf sofort los!"

Leon rannte. Sein Rucksack hüpfte auf seinem Rücken, und Pogo unter seinem Arm schien immer schwerer zu werden. Schließlich erreichte er die Straße, von der Pogo gesprochen hatte.

Leon blieb stehen, sein Herz raste in seiner Brust. Er stand an einer T-Kreuzung, links und rechts führte eine Querstraße weiter in Wohngebiete, die Leon nicht kannte, geradeaus wuchsen Büsche und Bäume.

„Ist der Van noch zu sehen?", fragte Pogo. Leon schnappte nach Luft, bevor er hervorstieß: „Nein!" „Dann geh jetzt über die Straße und durch das Gebüsch!", befahl Pogo.

Leons Gummistiefel sanken in feuchte Erde ein, als er zwischen den Büschen und Bäumen umherstapfte. Doch bereits nach wenigen Schritten endete das Gebüsch. Leon sah sich Orientierung suchend um: ein breiter Weg unmittelbar vor ihm, hohe Bäume und Sträucher... Doch er wusste nun, wo er war: im „Bunten Garten". Direkt vor ihm verlief einer der Hauptspazierwege des Parks, durch den er mit seinen Eltern oft am Wochenende oder frühen Abend schlenderte. Wenn er nach links gehen würde, käme er bald zur Kaiser-Friedrich-Halle, deren grünes Dach er so schön fand.

„Nach rechts!", meldete sich Pogo wieder. Leon marschierte wieder los. „Jetzt links! Jetzt rechts!

Dann wieder links!" Pogos Anweisungen verwirrten ihn.

Obwohl er den Park recht gut zu kennen glaubte, wusste er nicht mehr genau, wo er war, jedoch wuchs in ihm eine Befürchtung. Im Sommer hatte er beim Spielen plötzlich bemerkt, dass er zwischen zwei verwitterten Grabsteinen saß. Seine Mama hatte ihm dann erklärt, dass der Bunte Garten vor langer Zeit einmal ein Friedhof gewesen war und es deshalb hier noch ein paar alte Grabsteine gab. Leon hatte das Angst gemacht, und er mochte den Bunten Garten auch seitdem ein bisschen weniger. Aber ein anderer Platz im Park hatte ihm noch sehr viel mehr Angst eingejagt. Und wenn er sich nicht irrte, dann würde er gleich mit Pogo dort ankommen.

„Links!", befahl der Clown. Leon folgte der Anweisung und verlangsamte ängstlich seine Schritte. Am Ende des Weges, umgeben von hohen Bäumen, und trotz der Dunkelheit gut zu erkennen, stand auf zwei Stufen erhöht, ein riesiger Steinsarg. Als Leon ihn mit seinen Eltern entdeckt hatte, hatte sein Vater geschätzt, dass der Sarg mehr als zwei Meter lang sein müsste. Beim ersten Anblick hatte Leon geglaubt, dass ein Tuch auf dem Sarg liegen würde, so echt hatte alles ausgesehen. Jetzt in der Dunkelheit wirkte der wuchtige Steinsarg noch viel beängstigender als beim Sonntagsnachmittagsspaziergang mit seinen Eltern.

Während Leon mit immer schneller pochendem Herzen auf den Steinsarg zuging, hörte er in seiner Erinnerung seine Mama ihn beruhigen: „Das ist doch nur ein altes Grab. Es ist so groß, weil man damit an Louise Gueury erinnern möchte, die Geld für ein Krankenhaus gegeben hat, in dem man Menschen half, die eine kranke Lunge hatten und deshalb nicht gut atmen konnten. Und damit man die Frau nicht vergisst, wird ihr Grab nicht weggemacht."

Immer langsamer schlurfte Leon auf das Grab zu und blieb abrupt stehen, als er einen Ast brechen und Laub rascheln hörte. Dann trat hinter dem Steinsarg ein Clown mit weißem Gesicht und feuerroten, abstehenden Haaren hervor und winkte. Schüchtern hob Leon die Hand und winkte mit mechanischen Bewegungen zurück. Hemd und Hose des Clowns erinnerten Leon durch die weißen und blauen

Streifen an einen Schlafanzug, doch das Hemd des Clowns hatte nicht nur Knöpfe, sondern auch blaue und rote Stoffbommeln.

Leon machte sich Sorgen. War der Clown etwa noch schlimmer krank als bei der letzten Begegnung? Die Lippen waren zwar so rot wie immer, aber das Schwarz um die Augen breitete sich weiter im Gesicht aus als beim letzten Mal.

„Hallo, Leon!", begrüßte ihn der Clown und grinste breit, wobei er eine Reihe gelblicher Zähne zeigte. „Es ist höchste Zeit, dass du kommst!", fuhr der Clown fort und streckte eine weiß behandschuhte Hand aus. „Na los!", raunte er und lächelte erneut.

Leon rührte sich nicht vom Fleck, blickte nur mit großen Augen zwischen dem Clown und dem riesigen Steinsarg hin und her. Der Clown schien das zu bemerken und hockte sich hin, so dass er mit Leon auf Augenhöhe war.

„Was denn? Hast du etwa Angst?", raunte er und streichelte mit den weißen Stoffhandschuhen über den glatten Granit des Sargs. „Oh, das brauchst du aber nicht", sagte der Clown und richtete sich wieder zu seiner vollen Größe auf. „Es ist doch nur ein Grab und sterben müssen wir alle früher oder später."

Leon sagte nichts. „Aber deine Freunde aus dem Zirkus wollen noch nicht sterben. Und du bist ja so lieb und hilfst uns, Leon. Oder nicht?", fuhr der Clown fort.

Leon schluckte und nickte dann. *„Sehr gut",* zischte der Clown, ließ den Steinsarg hinter sich und ging langsam auf Leon zu. Als er vor dem Kind stand, legte er den Kopf schief, verzog seine rissigen, roten Lippen erneut zu dem Gelbe-Zähne-Lächeln und sagte dann: „Auf geht's, Leon! Der Zirkus der dunkelsten Stunde wartet auf dich! Es geht gleich los!" Der Clown streckte Leon die weiß behandschuhte Hand entgegen. Leon hob zögerlich seine kleine Hand. Mit einem festen Griff packte der Clown zu und zog mit Leon los.

KAPITEL 17

ZIRKUS DER DUNKELSTEN STUNDE

Leon überlegte, wohin ihn der Clown wohl in dieser Nacht führen würde. Dann hatte er eine Idee. „Da vorne ist der Spielplatz!", rief Leon, während er mit schnellen Schrittchen neben dem Clown herlief. „Ja genau, da vorne ist der Spielplatz!", gab der Clown desinteressiert zurück und fügte flüsternd hinzu: „Und der Zirkus der dunkelsten Stunde ist nicht weit!" Sie eilten an dem grünen Maschenwerk der Vogelvoliere vorbei. Leon versuchte schnell, einen Blick auf die Vögel zu werfen. Er hätte gerne einen schlafenden Zebrafinken gesehen, denn die fand er besonders toll, aber der Clown zog ihn weiter.

Nach einigen Schritten erreichten sie den Spielplatz, dessen Holzgerüste, Rutschen, Schaukeln und Wipptiere verlassen da lagen. Der Clown führte Leon neben dem Sandkasten entlang, vorbei an einem verlassenen Bolzplatz, wieder in Richtung des eigentlichen Parks. „Wir sind da!", flüsterte der Clown geheimnisvoll und grinste wieder sein Gelbe-Zähne-Lächeln. Dann sah Leon etwas abseits von den menschenleeren Spazierwegen den Zirkuswagen stehen: Ein Wohnwagen mit abgerundetem Dach, unter dem eine bunte Wimpelkette flatterte. Links und rechts zierte die mit schwarzen Holzbrettern verkleidete Seitenwand je eine kunstvoll gerahmte Tafel: Auf der einen war ein brüllender Löwe, auf der anderen ein Tiger gemalt. Leon fand, dass diese Bilder sehr alt aussahen. Zwischen diesen beiden Tafeln prangte ein Schild, auf dem mit goldenen Buchstaben etwas geschrieben stand. Der Clown hatte ihm bei seinem ersten Besuch erklärt, dass dort *„Zirkus der dunkelsten Stunde"* zu lesen war.

Leon blieb an der kleinen Holztreppe vor der Tür des Zirkuswagens stehen und dachte traurig an den Löwen und den Tiger auf den Bildern. Die waren schon tot. Fast alle vom Zirkus waren gestorben, bevor sie ihn um Hilfe hatten bitten können. Der Clown pochte mit der Faust bedeutungsvoll an die Tür. Nach wenigen Sekunden wurde sie von innen geöffnet und ein zweiter Clown grinste heraus.

„Hallo, Leon!", sagte er freundlich. Leon musterte den Clown. Auch ihn kannte er schon. Ihre Namen hatten die Clowns alle vergessen, weil sie ja krank waren. Aber Leon konnte sie unterscheiden: Der hier war für ihn „der Rote", weil sein Kostüm überwiegend rot und nur schwarze Streifen und Bommeln hatte. Auch die Lippen in dem sonst weißen Gesicht des Clowns waren schwarz.

„Komm herein!", forderte der Clown ihn mit einer einladenden Geste auf. Leon kletterte die steilen Holzstufen hinauf. Der Clown, der ihn am Steinsarg abgeholt hatte, blieb draußen und schloss die Tür des Zirkuswagens hinter Leon.

Bunte Lichterketten im Zirkuswagen spendeten nur ein schwaches Licht. Doch Leon konnte die alten Plakate an den Wänden erkennen, auf denen durch brennende Reifen springende Tiger, auf Podesten stehende Elefanten und auf Einrad fahrende Clowns abgebildet waren. Unter den Plakaten, auf ramponierten Sesseln, saßen drei weitere Clowns: Der „Grüne", der „Blaue" und ein weiterer mit dem Schlafanzug, den Leon immer wieder mit dem verwechselte, der ihn hierher gebracht hatte. Oft konnte er sie nur an den Stimmen unterscheiden.

Die Clowns blickten Leon ernst an. Bei den drei Clowns schälte sich die Gesichtsfarbe in kleinen Stücken von der Haut. Sie mussten schon sehr krank sein, vermutete Leon. Die roten Haare standen wild von den Köpfen ab, aber auch sie schienen ihnen immer mehr auszufallen.

„Hast du das Papierzeug dabei?", fragte der blaue Clown. Leon nickte stumm.

„Aber, aber... nicht so unhöflich!", warf der Rote dazwischen. „Leon ist doch unser Freund! Und er hat extra den weiten Weg gemacht, um uns zu helfen!" Der rote Clown schritt durch den Zirkuswagen und schob hinter dem Sessel, auf dem der blaue Clown saß, eine Holzkiste mit Eisenbeschlägen hervor. Leon wusste, was jetzt folgte. Der rote Clown hob auch schon den Deckel der Kiste, die Leon immer an eine Schatztruhe erinnerte.

„Ta-daaa!", rief der Clown, trat einen Schritt zur Seite und gab den Blick auf den Inhalt der Kiste frei: dutzende Schokoladenriegel, tütenweise Gummibärchen und mehrere Hamburger, wie er sie nur ganz selten mit seinen Eltern bei McDonalds aß.

„Vielleicht suchst du dir etwas aus. Und damit wir uns nicht so langweilen, während du etwas isst, gibst du uns einfach schon mal das Papierzeug!", schlug der Rote vor.

Leon nahm seinen Kindergartenrucksack ab, öffnete ihn und zog einen Stapel Papiere heraus. Der Rote nahm sie breit lächelnd mit seiner weiß behandschuhten Hand entgegen. Leon entschied sich für einen Schokoladenriegel. Während Leon auf dem Riegel herumkaute, blätterte der Rote in den Unterlagen, wobei sein Grinsen immer breiter wurde. Dann hämmerte es an der Tür. Die Clowns wechselten nervöse Blicke. Dann wuchtete sich der Blaue aus seinem verschlissenen Sessel auf, schritt zur Tür und öffnete. Der Clown, der Leon abgeholt hatte, kam die Stufen herauf. Zornfalten zogen sich über seine weiße Stirn. Mit ihm kam ein Schwall kalter Herbstluft in den Zirkuswagen.

„Wir bekommen Besuch!", verkündete er mit mühsam beherrschter Wut in der Stimme. Er blickte zu Leon hinab. *„Hast du irgendeiner Menschenseele vom Zirkus erzählt?"*, donnerte er.

Leon hörte auf zu kauen. „Nein!", antwortete er mit vollem Mund.

„Du weißt, dass sonst sehr schlimme Dinge passieren werden!", polterte der Clown weiter.

Der rote Clown hob beruhigend die Hände. „Ich bleibe mit unserem Freund Leon hier. Ihr heißt die Besucher willkommen und bereitet ihnen einen gebührenden Empfang!", beschloss er.

Die anderen beiden Clowns erhoben sich von ihren Sesseln, nach wenigen Sekunden waren Leon und der rote Clown allein im Zirkuswagen. Der Rote grinste Leon an und sagte: „Das wird eine Nacht, die man nie mehr vergessen wird!"

KAPITEL 18

JAGD

Der Schock lähmte Rupert Sternberg. Er blieb wie versteinert stehen. Vor ihnen lag der nächtliche Spielplatz und rechts von ihnen, auf einem der hölzernen Klettergerüste, stand ein Clown.

„Das ist vermutlich einer von denen, die mich im Auto angegriffen haben! Zumindest trugen die auch diese gestreiften ‚Gefangenenanzüge‘“, flüsterte er Elli und Oskar Pelzer zu.

„Gut möglich“, gab der Polizist zurück, „auf jeden Fall steht links von uns, vor den Schaukeln, ein zweiter.“

Ruperts Kopf ruckte herum: Auch dieser Clown, der etwa zwanzig Meter von ihnen entfernt im Sandkasten vor den Schaukeln stand, trug einen blau-weiß gestreiften Overall.

„Hallo, Rupert! Hallo, Elli!“, tönte es vom Klettergerüst zu ihnen herüber. Der Clown, den Rupert zuerst bemerkt hatte, winkte ihnen zu. „Ihr habt Besuch mitgebracht!“, rief der Clown jetzt und sprang vom Klettergerüst in den Sandkasten, verbeugte sich und stapfte dann auf sie zu. „Das ist eine Überraschung! Aber wir lieben

Überraschungen! Liebst du auch Überraschungen, Rupert? Ja, natürlich tust du das! Und wir haben eine Überraschung für *dich und für Elli!*"

Der Clown blieb stehen, machte dann eine ausladende Geste und zeigte hinter sich, wobei er „Ta-daaa!" rief und mit den weiß behandschuhten Händen hektisch applaudierte.

„Papa? Mama?", hörten sie eine verängstigte Kinderstimme. Dann trat Leon hinter dem Klettergerüst hervor und direkt hinter ihm ein dritter Clown, diesmal einer mit rotem Kostüm.

„*Leon!*", entfuhr es Elli. Der Clown, der mit ihnen gesprochen hatte, schüttelte den Kopf: „Leon ist doch nicht die Überraschung, liebe Elli. Schau mal genau hin!"

Rupert kniff die Augen zusammen. Leon klammerte die Arme um seinen Oberkörper, offenbar fror er. Dann bemerkte Rupert, dass die Haare seines Sohnes platt am Kopf klebten, als sei er gerade aus der Dusche gekommen.

„Habt ihr ihn etwa...?" Weiter kam Rupert nicht, er konnte den Horror nicht aussprechen, den er befürchtete. Der Clown beugte sich vor, legte theatralisch eine Hand hinter ein Ohr, als könne er Rupert nicht verstehen.

„Ihn *was*?", griff er das Gesagte auf, „ihn mit Benzin übergossen?" Der rote Clown hinter Leon schnalzte mit der Zunge, als habe Rupert gerade etwas unfassbar Dummes gesagt.

„Nein, nein! Benzin ist doch giftig, das würden wir nie tun. Es ist das gleiche Zeug wie das, was ich hier in der Flasche habe!", rief der rote Clown, hob eine Flasche an den Mund und schien zu trinken, als wollte er beweisen, dass der Inhalt ungiftig war.

Nachdem er die Flasche abgesetzt hatte, zuckte er mit den Schultern, verzog den bemalten Mund zu einem Grinsen, ließ ihn dabei aber geschlossen.

„Hast du dich nicht gefragt, warum er ein rotes Kostüm trägt?", fragte der Clown im Gefangenenoverall, der zuerst mit ihnen gesprochen hatte, und fuhr ohne eine Antwort abzuwarten fort: „Weil er ein *Feuerspucker* ist!"

Der rote Clown hinter Leon hob etwas in Mundhöhe, was Rupert zwar nicht erkennen konnte, bei dem er sich aber sicher war, dass es ein Feuerzeug war.

„Wenn ihr euch nicht an die Regeln des Zirkus haltet, dann wird mein Freund hier einmal kräftig Feuer spucken und Leon in dieser Nacht... na ja, in eine echte Lichtgestalt verwandeln!", verkündete der Clown im Gefangenenoverall und lachte diabolisch.

Ein Rascheln im Gestrüpp hinter ihnen ließ Sternberg zusammenzucken. Ein vierter Clown stand plötzlich zwischen ihm und Pelzer, packte den Polizisten und schleuderte ihn gegen einen Baumstamm. Pelzer wirkte benommen, schwankte, dann rammte der Clown mit voller Wucht seinen eigenen Kopf gegen Pelzers Stirn. Oskar Pelzer ging zu Boden und blieb regungslos auf dem matschigen Weg liegen.

Dann Ellis Schrei! Rupert riss den Kopf zur Seite, gerade noch rechtzeitig, um zu sehen, wie ein fünfter Clown Elli einen Arm um den Hals legte, sie niederdrückte und dann mit hohem Tempo wegzerrte. Der Clown, der Pelzer niedergeschlagen hatte, folgte ihnen.

„Bleib, wo du bist, oder Leon erlebt seine Feuertaufe!", rief der Clown im Gefangenenoverall.

Sternberg blickte zu Leon, der zitternd dastand, dann zu dem feuerrot kostümierten Clown. Der Clown im Gefangenenoverall legte die weiße Stirn in Falten, als denke er nach, dann sagte er: „Ich glaube, Leon will dir etwas zeigen. Geh zu ihm. Aber langsam. *Keine* hektischen Bewegungen und *keine* Heldentaten!" Er nickte Sternberg zu. Der ging langsam auf Leon und den roten Clown zu. Als er noch etwa sechs Meter von den beiden entfernt war, trat der rote Clown einen Schritt vor, so dass er direkt neben Leon stand, zündete das Feuerzeug, aus dem eine ungewöhnlich hohe Flamme schoss, und spie Sternberg eine riesige Feuerwolke entgegen. Sternberg spürte die Hitze auf der Haut. Das plötzliche helle Licht blendete ihn derart, dass er, nachdem die Feuerwolke verglüht war, einen Moment nichts mehr sehen konnte.

„Mach dir nichts vor. Ich kann Leon auch weniger spektakulär in weniger als einer Sekunde in eine noch-lebende Fackel verwandeln", hörte er eine Männerstimme, die die des roten Clowns sein musste. „Also, mach keinen Mist!" Dann: „Leon, zeig deinem Papa mal, wo unser Zirkuswagen steht!"

Rupert Sternberg nahm Leon an die Hand, dann gingen sie los. Tagsüber waren sie schon oft über diesen Spielplatz gegangen, doch wenn die Nachmittagssonne schien, war Leon nie lange an seiner Hand geblieben. Diesmal drückte Leon die Hand seines Vaters so fest, dass er sich über die Kräfte wunderte, die in dem Kind steckten. Auch hatte Leon ihn sonst immer – wenn er doch für ein paar Schritte an der Hand bleiben wollte – regelrecht über die Wege von Spielgerät zu Spielgerät gezerrt. Jetzt trippelte Leon direkt neben Rupert her. Manchmal ging er sogar langsamer als sein Vater, doch spürte Rupert, dass Leon wusste, wohin sie mussten.

Dann wurde Leon langsamer, er drückte Ruperts Hand noch fester. Einige Meter vor ihnen stand ein nostalgisch gestalteter Zirkuswagen in der Dunkelheit des Parks. Leon hob die freie Hand und zeigte mit dem Finger in Richtung der Vorderseite des Wagens. „Das Auto war eben nicht da!", flüsterte er.

Rupert spähte in die Richtung. Er erkannte ein breites Auto, vermutlich ein Jeep, dem selbst er als Nicht-Autokenner ansah, dass es viele PS unter der blechernen Haube haben musste. Das Auto erinnerte ihn an ein gepanzertes Militärfahrzeug. Und obwohl die Sorge um Elli, Leon und ihn selbst fast den Verstand raubte, fügte er in seinem Gehirn das gerade gefundene Puzzleteil in das bisherige Schreckensbild ein, das er in den letzten Tagen weiter und weiter vervollständigt hatte: Sie hatten es hier mit der Hairesis-Initiative zu tun, vermutlich mit einem psychologisch geschulten Team aus dem Geschäftsbereich der „Sicherheits- und Militärdienstleistungen". Das würde bedeuten, dass die Männer unter der Horrorclownschminke knallharte Söldner der größten und unbekanntesten Privatarmee der Welt waren. Eine, die unter dem Deckmantel verschiedener Firmennamen weltweit aktiv war und sogar für Regierungen Kriegseinsätze ausführte.

Obwohl sich all das längst angedeutet hatte, erzeugte diese Gewissheit in Rupert ein Gefühl, als würde sich alle Flüssigkeit in seinem Magen in einen festen Klumpen verwandeln, der schmerzhaft gegen seine Bauchdecke drückte.

„Hereinspaziert, hereinspaziert!", zischte der Clown, als sie die hölzernen Trittstufen der kleinen Treppe erreichten, die vor der Wagentür stand. Als würde er die Stufen zu einem Galgen hinaufsteigen, schleppte sich Rupert Sternberg, Leon an der Hand, die Holztreppe hinauf, drückte die offenstehende Tür auf und betrat den Zirkuswagen.

Sternberg kroch der Geruch eines Burger-Restaurants in die Nase. Im schummrigen Licht einer bunten Lichterkette erblickte er fünf verlassene Sessel, die aussahen, als seien sie vom Sperrmüll gerettet worden. Die Wagenwände zierten alte Zirkusplakate, in einer Ecke entdeckte er eine offenstehende Holztruhe voller Süßigkeiten und Fast Food. Hinter ihnen fiel die Holztür des Zirkuswagens ins Schloss.

„Du fragst dich sicher, wie wir es geschafft haben, nur mit Pogo dem Clown dein Kind Nacht für Nacht in diesen verschimmelten Zirkuswagen zu locken, oder?", hörte er die Stimme des feuerroten Clowns. „Leon ist ein wirklich liebes Kind. Er wollte uns alle retten. Und das hat er, wenn auch anders, als er dachte. Es ist wirklich jammerschade, dass du nicht miterleben wirst, wie dein kleiner Mann einmal groß wird", fuhr der Clown fort und lachte.

Ein Ruck ging durch den Zirkuswagen, Rupert spürte, dass sie langsam anfuhren. Von draußen tönte das Motorenwummern des Geländewagens zu ihnen herein. Der alte Anhänger schaukelte, vermutlich rollten sie tiefer in den Park.

„Die Hairesis-Initiative wird damit nicht durchkommen. Sie werden mit Ihrer ganzen Sekte schon in naher Zukunft Geschichte sein!", hörte sich Sternberg sagen und wunderte sich, wie laut und energisch seine Stimme in dieser so verzweifelten Lage klang.

Der Clown ließ sich in einen der Sessel fallen und zauberte ein Klappmesser hervor.

„Uns gehört die Zukunft. Die nahe Zukunft und erst recht die weit entfernte. Wir werden Geschichte schreiben. Und das, was so viele eine ‚Sekte' nennen, egal ob Theologen, Juristen, Polizisten, Verfassungsschützer und wer sich noch alles an uns die Zähne ausbeißt…, alle werden noch lernen, dass es zu uns *null Alternative* gibt."

Der Clown blickte auf die glänzende Klinge seines Messers, dann in Leons und dann in Ruperts Richtung. „Fast schon schade, dass du es nicht mehr miterleben wirst, wie nach dir auch noch die vielen Anderen, die uns stoppen wollen, unter die Räder kommen."

Das Motorengeräusch veränderte sich, sie schienen schneller zu fahren. Dann krachte es, und ein heftiger Ruck ging durch den Wagen.

Rupert packte Leon, hob ihn auf den Arm, gerade noch rechtzeitig, bevor ein noch heftigerer Ruck den Wagen erschütterte und ihn mit Leon auf einen Sessel schleuderte.

Der Clown fluchte. Ein weiterer Schlag gegen den Zirkuswagen. Diesmal so stark, dass dem Clown das Klappmesser aus der Hand geschleudert wurde, auf den Holzboden fiel und unter einen der Sessel rutschte, als sie offenbar scharf in eine Kurve einbogen.

Wieder ein Krachen. Das Geräusch von berstendem Holz. Die bunte Lichterkette flackerte und erlosch, bevor die Wagentür hinter dem Clown zusammen mit Rahmen und Rückwand herausbrach, ein Stück weit durch die Luft flog, um dann auf dem Parkweg zu zerschellen. Dahinter erblickten Rupert und Leon einen Kleintransporter, der hinter ihnen herjagte.

Der Clown sprang auf, drehte sich um, brüllte wütend etwas durch die Nacht, was Sternberg im Lärm der Motoren nicht verstand. Sternberg gab Leon einen Kuss auf den Haarschopf, setzte ihn auf den Sessel neben sich und stand auf. Sein Herz raste, als er auf den Clown zusprang, der mit dem Rücken zu ihm stand und wie hypnotisiert auf das Licht der Scheinwerfer des sie verfolgenden Vans starrte.

Rupert Sternberg hob die Hände, sah, wie sie zitterten, fürchtete, dass die Angst davor, dieses Clownkostüm zu berühren, ihm all seine Kräfte rauben würde... *Jetzt!*, befahl er sich innerlich. *Tu es! Tu es für Leon!*, schrie es in ihm.

In seinem Kopf blitzten Bilder auf: Leon, kurz nach seiner Geburt in einem Tuch eingewickelt. Leon, wie er das erste Mal über den Boden krabbelt, das erste Mal „Mama" und „Papa" sagt, ein Geburtstagskuchen mit einer Kerze. Leon auf der Rutschbahn. Leon auf den Bronze-Eseln auf dem Sonnenhausplatz. Leon, der die Puppe von dem grinsenden Clown überreicht bekommt. Leon, wie er, mit einer brennbaren Flüssigkeit übergossen, in der Nacht auf dem Spielplatz steht...

Der Clown direkt vor Rupert Sternberg drehte sich um und funkelte ihn hasserfüllt an. Jede irratonale Angst, die Rupert Sternberg jemals vor Clowns gehabt hatte, erwachte in diesem Moment und addierte sich mit all den begründeten Ängsten, die er in dieser schrecklichen Nacht durchlebt hatte.

Der Clown schien seine Angst zu spüren. Er grinste –, bevor er das weiß geschminkte Gesicht verzog, als Sternberg ihm eine Faust in den Magen schlug.

Der Clown krümmte sich zusammen, Sternberg rammte ihm ein Knie ins Gesicht. Im Scheinwerferlicht des Kleintransporters hinter ihnen sah er die roten Blutsprenkel auf der weiß geschminkten Haut des Clowns, der mit gequältem Gesichtsausdruck nach hinten kippte, auf den Weg stürzte und einige Meter darüber rollte, wobei ihn die Reifen des Vans nur knapp verfehlten.

Eine Vollbremsung des sie ziehenden Geländewagens riss Sternberg von den Füßen. Er ruderte Halt suchend mit den Armen in der Luft, die Sessel rutschten in den vorderen Bereich des Wagens. Rupert bekam eine der gepolsterten Rückenlehnen zu fassen, spürte, wie die Sessel erneut ins Rutschen gerieten. Diesmal nahm der Wagen offenbar eine Kurve.

Ein Krachen, dann drehte sich der Zirkuswagen um die eigene Achse. Vor dem Loch, das die herausgerissene Holzwand hinterlassen hatte, sah er Bäume vorbeirasen, der Wagen kreiselte von dem Weg hinunter ins Gestrüpp, wo er zum Stehen kam. Das wummernde Motorengeräusch des Geländewagens und das Röhren des ihn verfolgenden Vans entfernten sich.

KAPITEL 19

AM UNFALLORT

„Leon?", rief Sternberg in die Dunkelheit. Keine Antwort. *„Leon!"*, rief er nochmal. „Hier!", hörte er eine dünne Stimme antworten. „Bist du verletzt?", fragte Sternberg. Nach einigen Sekunden: „Ich glaube nicht."

Rupert setzte sich mit schmerzendem Rücken in Bewegung, tastete in der Dunkelheit über die Polster der Sessel, die noch warmen Glühlampen der erloschenen Lichterkette, die rauen Holzwände... Es dauerte einige Augenblicke, die ihm endlos erschienen, bis er unter seiner Handfläche Leons Haare fühlte. Er nahm Leon auf den Arm, strich ihm vorsichtig übers Gesicht, Arme, Oberkörper und Beine. Kein warmes, klebriges Blut, keine Stelle, deren Berührung Leon wehtat. Einen Moment atmete Rupert auf. Die klobigen Sperrmüllsessel mussten Leon geschützt haben, als der Zirkuswagen mit ihnen ins Gestrüpp geschleudert wurde. Die Rammaktionen der Polizisten mit dem Kleintransporter hatten dazu geführt, dass die Anhängerkupplung brach. Doch das Glücksgefühl, diesen Höllenritt überlebt zu haben, währte nur kurz. Wo war Elli? War der rote Clown außer Gefecht gesetzt? Oder lauerte er ihnen bereits wieder auf?

„Ich will mit dir und Mama nach Hause!", jammerte Leon.

„Weißt du was? Das machen wir! Wir holen Mama und dann hauen wir ab!", versprach Sternberg. Seine Stimme klang optimistisch und kraftvoll. Aber er wusste, dass er dieses Versprechen vielleicht nicht halten könnte. Vorsichtig trug er Leon durch die Dunkelheit aus dem zerstörten Zirkuswagen.

Die Wimpelkette war an einer Seite abgerissen und hing auf dem Boden. Sternberg blieb stehen und lauschte. Die Automotoren dröhnten inzwischen von weit her durch die Nacht. Der Wind rauschte durch das absterbende Laub. Doch keine Stimmen, keine Geräusche von Schritten drangen an sein Ohr.

„Wo ist Mama?", fragte Leon. Sternberg überlegte noch, wie er ermutigend, aber dennoch wahrheitsgemäß auf diese Frage antworten könnte, als er aus weiter Entfernung eine

Männerstimme rufen hörte. Rupert spürte, wie Leon sich auf seinem Arm verkrampfte.

„Das war der grüne Clown!", flüsterte er ängstlich.

Der grüne Clown... Sternberg dachte fieberhaft nach. War das nicht der Clown gewesen, der Elli entführt hatte? Der Richtung zufolge, aus der sie die Stimme gehört hatten, müsste sich der grüne Clown in der Nähe der Vogelvoliere aufhalten.

„Okay Leon, wir müssen zu den Zebrafinken. Irgendwo da in der Nähe ist Mama. Aber du musst ganz leise sein. Das ist wichtig! Okay?" „Okay", antwortete Leon.

Sternberg spähte den Weg entlang. Nur Bäume und Büsche, kein Clown und keine verdächtige Bewegung im Geäst waren zu sehen.

„Halt dich gut fest!", flüsterte Sternberg und rannte mit Leon auf dem Arm los.

Es dauerte wenige Minuten, bis sie die Vogelvoliere erreichten. Suchend blickte sich Sternberg um. Wo war Elli? Wenn er mit dem Rücken zur Vogelvoliere stand, befand sich die Bettrather Straße rechts von ihm und der Spielplatz mit den angrenzenden Häusern hinter ihm. Dass die Horrorclowns Elli in eine dieser Richtungen verschleppt hatten, hielt er eher für unwahrscheinlich. Er befürchtete, dass diese Monster Elli irgendwo im Koniferengarten festhielten, der einige Meter entfernt vor ihm begann und in der Dunkelheit wie ein Märchenwald aussah.

Vorsichtig schlich Sternberg in die Richtung und suchte mit zusammengekniffenen Augen das Gelände ab: Bäume, Büsche, menschenleere Spazierwege, verlassene Bänke, der dunkle „Schildkrötenteich", wie Leon ihn nannte...

Dessen plötzliche feste Umklammerung verriet Sternberg, dass sein Sohn etwas bemerkt hatte, was ihm sicherlich zu recht Angst einjagte. Dann sah auch er den Clown im kalten Mondlicht stehen. Aber es war nicht der Grüne, sondern der Blaue.

Er stand einige Meter von ihnen entfernt auf einem kurzen Holzsteg, der über ein künstliches Bachbett führte, das zwei Teiche des Parks verband. „Du willst zu deiner Mama, Leon?", rief der Clown. „Na, dann kommt doch mal her, ich bringe euch zu ihr!"

Der Clown schwang sich über das Holzgeländer des Stegs, sprang hinunter und trampelte durch das Alpinum mit seiner grauen Splittfläche, den herumliegenden Felsbrocken und kargen Pflanzen auf sie zu. Sternberg setzte Leon auf den Boden und hockte sich zu ihm.

„Lauf jetzt weg! Egal, was passiert: Komm nicht zurück! Lauf raus aus dem Park und dann nach Hause! Ich komme gleich mit Mama hinterher. Aber du musst jetzt weglaufen! Hast du das verstanden?"

Leon blickte ihn mit großen Augen an und nickte. *„Jetzt!"*, raunte Rupert, und Leon rannte los.

„Komm sofort zurück, Leon!", rief der Clown, den nur noch der Schildkrötenteich von Sternberg trennte.

Der kommt nicht an mir vorbei, schwor sich Sternberg und setzte sich in Bewegung, auf den Clown zu. Doch der schien sich gar nicht für ihn zu interessieren.

„Leon!", rief er mit einem Singsang in der Stimme. „Leon, komm sofort her! Deine Mama hat eben geweint und gesagt, dass sie ganz sauer und traurig ist, wenn ich dich nicht zu ihr bringe!"

Beim Hören dieser perfiden Manipulationsversuche explodierte in Rupert Sternberg eine ungekannte Wut. Der Wut folgte ein Schreck, wie der Donner einem Blitz: Hinter sich vernahm er schnelle Schrittchen auf dem Kiesweg, dann spürte er Leons Arme, die sich an sein rechtes Bein klammerten.

Der Clown lächelte diabolisch. „Gut gemacht. Und jetzt lauf hierher zu mir!", befahl er.

„Leon, lauf in die andere Richtung und versteck dich!", flehte Sternberg mit bebender Stimme. Alle Entschlossenheit und Kraft schienen von der Angst aufgefressen worden zu sein. Verzweifelt versuchte er, seinen Sohn mit der Hand wegzuschieben, ohne dabei den langsam um den dunklen Teich auf sie zukommenden Clown aus den Augen zu lassen. Sternberg fühlte Leons Hand an seiner und dann, wie der ihm etwas in die Hand drückte: einen Stein.

Wie in einem zurückgespulten Film sah Sternberg sich und Leon vor einigen Monaten auf dem Spielplatz. Leon hatte gerade einen Stein in die Richtung einer Frau geworfen, die seine Mama als blöde Helikopter-Mutter tituliert hatte.

„Leon, du darfst nie mit Steinen werfen!", hatte er ihm gesagt. Und: „Denn das ist gefährlich. Wenn du jemanden mit einem Stein triffst, dann tut das weh dem, oder er wird verletzt oder kann sogar sterben!"

Noch bevor diese Erinnerung in Ruperts Gedanken vollständig abgelaufen war, rannte Leon los und auf den Clown zu. Der Stein in Ruperts Hand schien das Gewicht eines Felsbrockens zu bekommen, alle Kräfte verließen ihn. Der Clown lächelte, streckte die Arme nach Leon aus, der jetzt aber plötzlich einen Bogen lief.

Der Clown drehte den Kopf, um Leons Laufrichtung zu verfolgen und wandte sich von Sternberg ab. Der Stein krachte gegen den Kopf des Clowns. Mit einem zur hasserfüllten Fratze verzogenem Gesicht drehte er sich zu Sternberg um, taumelte, kippte und klatschte in den Schildkrötenteich.

Leon kam zu Rupert zurück, der ihn sofort auf den Arm nahm. „Ich hatte zu viel Angst, allein nach Hause zu gehen, und ich wollte dir doch helfen", schluchzte Leon. „Ist schon gut", sagte Sternberg, selbst den Tränen nahe. Aus der Richtung des Parkteils, den ein Schild als „Koniferengarten" auswies, hörten sie Elli schreien.

KAPITEL 20

ELLI

Elli Sternberg stand halb versteckt hinter den herabhängenden Zweigen einer Eibe zwischen zwei verwitterten Grabsteinen und blickte in den Lauf der Pistole, die der Clown breit grinsend auf sie richtete.

„Ein wirklich romantischer Ort zum Sterben, oder?", flüsterte der Clown und kicherte wie ein Wahnsinniger. „Dieser Teil des Bunten Gartens offenbart noch einmal besonders anschaulich, was der einst war: ein *Friedhof.* Und seiner Bestimmung wird dieser Boden in dieser Nacht noch einmal gerecht!"

Hilfesuchend blickte Elli sich um: Sie befanden sich am Rand des Bunten Gartens, den hier nur eine hüfthohe Backsteinmauer von den Gärten der benachbarten Häuser trennte. Doch selbst wenn um diese Uhrzeit Anwohner noch wach wären, so würden Bäume und Büsche den Blick auf das verdecken, was hier im Park seinen Lauf nahm.

„Oh, schau dir doch die wundervolle Steinmetzarbeit an diesem Grabmal an!", forderte der Clown sie voller Ironie auf.

Elli warf einen flüchtigen Blick auf das Bildnis: Es thronte oberhalb der Gedenktafel, dessen ehemals weißer Stein bereits von grünem Moos überzogen wurde.

„Na, wenn das nicht Jesus ist!", fuhr der Clown fort: „Jesus auf dem Ölberg, als er seinen Vater bittet, dass der Kelch an ihm vorüber gehen möge. Na ja, wir wissen ja, wie es weiterging. Sag mal Elli, was glaubst du, wie viele Tote diese Nacht fordern wird?"

„Fahr zur Hölle, du Monster!", fauchte Elli.

Der Clown hob die Augenbrauen, als wäre er von Ellis Reaktion schockiert. *„Pssst!"*, zischte er und wies mit einer Armbewegung auf vier weitere, in die Erde eingelassene Grabplatten, die Elli jetzt erst bemerkte. „Die Toten hier dulden keine Flüche!" Dann kicherte er wieder.

„Du bist wirklich völlig gestört!", murmelte Elli.

Der Clown hörte auf zu kichern, seine Gesichtszüge verhärteten sich, er funkelte Elli wütend an.

„Wir beginnen jetzt mit der Show!", befahl er. „Du rufst deinen lieben Ehemann, damit er schnurstracks hierher kommt. Kapiert?"

„Du bringst mich doch sowieso um. Also schmink dir ab, dass du mich zu deinem Spielball machen kannst!", fauchte Elli.

Der Clown ließ die Pistole sinken und winkte ab. „Nein", sagte er, „nein, nein, nein. Völlig falsch. Wenn du bei der Show mitspielst, bringe ich deinen Mann um. Sonst niemanden. Wenn du aber *nicht* mitspielst, dann bringe ich deinen Mann bei einer anderen Gelegenheit um. So oder so: Er wird sterben. Doch wenn du nicht mitspielst, bringe ich auch noch Leon um. Garantiert! Dich werde ich nicht umbringen. Denn das wirst du dann eher früher als später selbst übernehmen. Oder?"

Elli spürte, wie ihr Mund trocken wurde.

„Du widerlicher Psychopath!", stieß sie noch hervor.

Der Clown schüttelte nur den Kopf, so dass seine roten Haare hin- und herflogen. „Fang an", befahl er. „Stell dich da vorne hin und hol deinen Mann hierher!"

Ellis Hals schmerzte beim Schlucken. Sie trat ein paar Schritte vor, so dass sie neben dem zweiten Grabmal stand, auf dessen ornamentalem Sockel nur noch der untere Teil des Senkrecht-Balkens vom Kreuz übrig geblieben war. Alle ihre Kräfte zusammenraffend, rief sie, so laut sie konnte: „*Rupert, bring Leon und dich hier weg! Bring euch in Sicherheit! Lauft!*"

Sie erwartete, im nächsten Moment die Pistole an ihrer Schläfe zu spüren als Strafe für ihren Ungehorsam. Aber zu ihrer Überraschung verzog sich der Clown kichernd hinter einen der Grabsteine. Eine Gänsehaut kroch ihr über den Rücken, als er flüsterte: „*Danke! Genau so habe ich mir das vorgestellt!*"

„Ich bin mir sicher, es wird noch anders kommen, als du es dir vorgestellt hast!", gab Elli störrisch zurück, wobei sie von der eigenen Behauptung wenig überzeugt war.

Die Stimme des Clowns hinter dem Grabstein klang gelassen, fast schon gelangweilt, als er entgegnete: „An der Vogelvoliere, die Leon so mag, liegt die Sankt-Barbara-Kirche. Hast du gewusst, dass die heilige Barbara eine der vierzehn Nothelfer ist und gegen einen plötzlichen und unvorhersehbaren Tod angerufen wird? Vielleicht kann sie ja noch etwas für deinen Mann tun. Aber ich verspreche dir: Noch bevor die Glocke der ihr geweihten Kirche zur vollen Stunde schlägt, werden die tödlichen Schüsse gefallen sein. Und jetzt, *schweig*!"

Atemlose Stille, die Elli wie eine Unendlichkeit vorkam. Sie zuckte zusammen, als eilige Schritte durch Laub raschelten, dann hörte sie Leons Stimme: „Papa, da!"

Elli glaubte, dass sie ohnmächtig werden musste, als sich die Silhouette ihres Mannes aus der Dunkelheit schälte und sie Leon auf seinem Arm sitzen sah, der ihr freudig zuwinkte. Hinter dem Grabstein erklang ein mechanisches Klicken, als der Clown seine Pistole entsicherte.

„Lauf weg!", formte Elli geräuschlos mit den Lippen, die Panik raubte ihr die Stimme.

„Elli!", rief Rupert Sternberg, lächelte erleichtert und machte einen weiteren Schritt auf sie zu. Dann donnerte ein Schuss durch die Nacht. Elli hätte in dieser Sekunde nicht einmal sagen können, ob auch sie von dem Schuss getroffen worden war. Ihr Mann fiel zu Boden und riss Leon mit sich. Elli fühlte wie in Trance, dass ihre Knie nachgaben und auch sie nach vorne stürzte. Ein zweiter Schuss, ein dritter Schuss. Dann die Glocke der Sankt-Barbara-Kirche. Ellis Verstand setzte aus, sie fühlte nichts mehr.

Das Nächste, was sie wahrnahm, war, dass sie bäuchlings auf dem efeuüberwucherten Boden lag. Einige Meter vor sich sah sie ihren Mann und Leon, der halb unter ihm lag. Es sah so aus, als hätte er ihn mit seinem Körper schützen wollen. Sie war sich nicht sicher, ob sie auch gerade starb, doch es war ihr jetzt auch egal.

Dann hörte sie Leon: „Papa?" Leon schob sich unter seinem Vater hervor. Elli stockte der Atem, als Rupert den Kopf leicht hob und Leons Kopf sanft zu Boden drückte. Leise hörte sie seine Stimme: „Bleib liegen!" Er klang nicht wie jemand, den eine oder mehrere Kugeln getroffen hatten.

Rupert hob erneut vorsichtig den Kopf, er blickte zu ihr hinüber. Dann weiteten sich seine Augen: „Elli, pass auf! Hinter dir!", brüllte er und sprang auf.

Die Erkenntnis, dass Rupert sich bei dem Schuss mit Leon auf den Boden geworfen hatte, um in Deckung zu gehen, dass er offenbar nicht getroffen war, gab Elli von einer Sekunde auf die nächste alle Lebensenergie zurück. Sie rollte sich auf den Rücken und erblickte den Clown, der hinter dem Grabstein hervortaumelte, als wäre er betrunken. In der einen Hand hielt er die Pistole, die andere presste er an den Hals. Blut lief ihm aus dem Mund, Blut sickerte zwischen seinen Fingern an der auf den Hals gepressten Hand hervor. Er ließ die Pistole fallen, würgte, gab ein ersticktes Gurgeln von sich und kippte dann vornüber.

Äste brachen und Laub raschelte, als Oskar Pelzer einige Schritte entfernt aus dem Gestrüpp hervortrat. Verkrustetes Blut bedeckte seine Stirn. Der Polizist bog sich ein kleines Kopfbügelmikrofon vor dem Mund zurecht: „Tom? Ich habe einen weiteren Horrorclown erwischt. Finaler Rettungsschuss." Pelzer hielt inne, als er die Antwort seines Kollegen über einen Knopflautsprecher im Ohr hörte. Dann atmete er erleichtert auf. „Die anderen Horrorclowns haben die Kollegen festgesetzt. Der Albtraum dieser Nacht ist vorbei!"

KAPITEL 21

SIEBEN TAGE SPÄTER

Hier hatte der Albtraum unbemerkt und schleichend begonnen, dachte Rupert Sternberg, als er über den Sonnenhausplatz auf die Bronzeesel zuschritt. Zwischen den Skulpturen blieb er stehen, stellte eine voluminöse Papiertüte auf den Glitzerasphalt und streichelte den Kopf eines Esels, so wie Leon es immer tat.

Es war die Eselsskulptur, auf der sein Sohn gesessen hatte, als der Clown aufgetaucht war. Der Clown, der ihnen aufgelauert hatte, wohlwissend, wie er Leon emotional erpressen konnte, damit der die Clownpuppe Pogo mit nach Hause nahm. Der Clown, der bereits gewusst hatte, dass er – Rupert Sternberg – an Coulrophobie litt, und dass ihn Kostüm und Schminke ängstigen oder zumindest in ihm ein Gefühl des Unwohlseins wecken würden.

Der Clown hatte zwar Handschuhe getragen, aber Oskar Pelzers Kollegen hatten dennoch auf Pogo DNA-Spuren gefunden, die es ihnen ermöglicht hatten, die Identität des Clowns zu klären: Der Clown, der Leon breit grinsend die Puppe geschenkt hatte, war der feuerrote

Clown, der bereit gewesen war, Leon im Bunten Garten in Flammen aufgehen zu lassen.

Die Erinnerung an seinen Sohn, wie der zitternd und von der brennbaren Flüssigkeit durchnässt dastand, ließ Rupert Sternberg frösteln. Zeit zu gehen, beschloss er, nahm seine Papiertüte und schritt auf das Café Hoffmanns zu, in dem er mit Elli verabredet war.

Er entdeckte sie auf einem Sofa sitzend, halb versteckt hinter der aktuellen Ausgabe der Rheinischen Post, vor ihr auf einem kleinen Holztisch dampfte ein Kaffee.

„Hier steht, dass die Bundesnetzagentur die Clownpuppe verboten und eine Vernichtung angeordnet hat", fasste sie das Gelesene zusammen, nachdem ihr Mann neben ihr auf dem Sofa Platz genommen hatte.

„Das stimmt", bestätigte Rupert. „Sie sind im Rahmen des § 90 des Telekommunikationsgesetzes gegen das Spielzeug vorgegangen, weil die Clownpuppe über funkfähige Sendeanlagen verfügt, was ihr ermöglicht, heimlich Bild- und Tonaufnahmen zu machen. Wir haben ja selbst erlebt, dass man von außen die Kontrolle über das Ding übernehmen konnte."

„Was mich gewundert hat", fuhr Elli fort, „Oskar Pelzer wird fünfmal zitiert, aber die Hairesis-Initiative erwähnt er nicht."

„Das hat zum einen ermittlungstaktische Gründe, zum anderen wurde die Puppe nicht von der Hairesis-Initiative auf den Markt gebracht", erklärte Rupert.

„Die Clownpuppe hat ein großer Spielzeughersteller entwickelt, produziert und vertrieben. Die Software mit der kritischen ‚Sicherheitslücke', von der gerade geprüft wird, ob sie nicht vorsätzlich eingebaut wurde, hat eine andere Firma geliefert. Und *die* ist ein Unternehmen, das zum Wirtschaftsimperium der Hairesis-Initiative gehört. Der Spielzeughersteller wusste vermutlich nicht mal, mit wem er da in letzter Instanz einen Vertrag geschlossen hatte."

„Immerhin scheint Oskar Pelzer ja optimistisch zu sein, dass der Sekte bald das Handwerk gelegt sein wird", bemerkte Elli. Sternberg schüttelte den Kopf.

„Auch wenn er versucht, diesen Eindruck nach außen zu verbreiten, weiß ich, dass er das anders sieht. Hinter vorgehaltener Hand und in verschlossenen Besprechungsräumen sagt er immer wieder, dass es bedeutend mehr Kapazitäten, insbesondere vom Verfassungsschutz, bräuchte, um etwas zu bewirken. Außerdem hält er die Zerschlagung dieser weltweit agierenden, weit verzweigten Organisation für ein Generationen-Projekt. Er hat einmal gesagt, dass er die Hairesis-Initiative wohl noch als alter Mann wird bekämpfen müssen. Das klang zwar wie ein Witz, aber ich befürchte, das meinte er ernst."

Ellis Blick wanderte von ihrem Mann zu der Papiertüte, die er neben dem Tisch auf den Holzboden gestellt hatte.

„Ist es das, was ich denke?", fragte sie. Er nickte, und Elli rümpfte die Nase, als würde sie einen unangenehmen Geruch wahrnehmen.

„Es war nicht nur ein gewaltiger Papierkrieg, sondern auch viel gutes Zureden nötig, damit die Kollegen das Ding rausrückten. Natürlich haben sie vorher der Clownpuppe den Bauch aufgeschnitten, alles Technische darin sichergestellt und untersucht", erläuterte Rupert, beugte sich vor und zog Pogo den Clown aus der Papiertüte.

„Ich *hasse* dieses Ding!", murmelte Elli, und Rupert ließ die Puppe wieder in der Tüte verschwinden.

„Heute Abend sind wir sie los. Für immer", versprach er.

„Ich will vor allem, dass Leon keine Angst mehr hat, dass die Puppe jemals zurückkommen könnte", sagte Elli. Und nach einer Weile: „Unser Sohn ist traumatisiert. – Gestern Abend saß er in seinem Zimmer und spielte mit seinen Bären. Ein Bär wurde angegriffen und mit seinen Eltern getötet. Dass er diese Szenerie durchspielt, habe ich in den letzten vier Tagen sechsmal mitbekommen", fuhr Elli fort.

Rupert schluckte schwer. „Sollen wir ihn dann nicht besser ablenken?"

Elli schüttelte den Kopf. „Unterbrechen oder in einer anderen Weise stören wäre nicht hilfreich. Wichtig ist, dass wir gut für Leon sorgen, dass er genau das spürt, dass er unsere Nähe fühlt, dann gibt es vielleicht beim einhundertfünfundneunzigsten Mal dieses ‚traumatischen Spiels' eine kleine Änderung. Zum Beispiel könnte die Bärenfamilie weglaufen. Oder jemand eilt zu Hilfe, bevor etwas Schlimmes passiert. Du musst dir klarmachen, dass ein Trauma eine unterbrochene Handlung, eine Kampf- oder Fluchtreaktion ist. Leon nimmt jetzt diese unterbrochene Handlung wieder auf. Er führt sie zu einem glücklicheren Ende. Er übernimmt die aktive Rolle."

Rupert nickte, dann fragte er: „Könnten wir dieses ‚Happy End' mit spielerischen Mitteln schneller herbeiführen?"

„Wir würden nur Symptome verändern, aber nicht das Trauma. Leon würde dann sogar eine Möglichkeit verlieren, sein Trauma auszudrücken. Es ist ja im echten Leben und nicht im Spiel entstanden. Wir müssen ihm helfen, dass er im Leben zu seiner Aktivität zurückfindet, zu seinem eigenen Rhythmus. Dann bekommt er die Hoffnung, irgendwann seine traumatischen Erfahrungen bewältigen zu können. Leon wird in seinen Träumen, seiner Fantasie oder im Spielen Lösungen ausprobieren, die er irgendwann auch im Leben verwirklichen wird."

Rupert schwieg einen Moment, dachte über den langen, steinigen Weg nach, den Elli und er mit Leon gehen würden, dennoch zuversichtlich, dass sie es schaffen würden.

Er sah auf seine Armbanduhr und sagte: „Bald ist es soweit – Zeit, Leons Wunsch zu erfüllen und sicherzustellen, dass Pogo nie wieder zu ihm sprechen wird."

KAPITEL 22

SCHEITERHAUFEN

Hier und heute soll der Albtraum enden, nahm sich Rupert Sternberg vor. Er blickte zu Leon hinüber, der gerade, einen Holzscheit vor die Brust gepresst, über den Feldweg auf ihn zurannte. Die Sonne stand bereits tief über dem Kürbisfeld, an dem der Weg entlangführte. In weiterer Entfernung schwankte ein noch nicht abgeerntetes Maisfeld im kühlen Herbstwind, davor erhob sich ein Berg aus erdverschmierten Rüben, auf denen krächzend Krähen umherhüpften. Feld und Rüben gehörten einem Bauern, mit dem Rupert Sternberg die für diesen Abend geplante Aktion abgesprochen hatte.

„Wenn du es dir anders überlegt hast, dann können wir das jetzt noch abbrechen", bot er seinem Sohn an.

Leon schüttelte den Kopf, lief wieder los, um mehr Holz zu suchen und kam kurz danach mit einem Ast zurück, der länger war als er selbst.

Elli und Rupert brachen den gut fingerdicken Ast in mehrere Stücke, und Leon schob sie zwischen die Holzscheite, die sie zu einer kleinen Pyramide aufgeschichtet hatten.

Nachdem Leon das letzte Aststück in der Pyramide hatte verschwinden lassen, durfte er Zeitungspapier zerknüllen und ebenfalls in die Hohlräume zwischen den Holzstücken schieben.

„Kannst du dich daran erinnern, wo du unbedingt einmal Ferien machen wolltest?", fragte Rupert.

Leon hielt inne, ein Stück Zeitungspapier in seiner Hand flatterte im Wind. Er strahlte seinen Vater an: „Im Zoo! Papa machen wir Urlaub im Zoo? Ja?"

Jetzt hielt auch Rupert inne, überlegte, wie er nun das Gespräch weiterführen sollte.

„*Im* Zoo wird etwas schwierig. Aber wir haben mal nachgesehen, wo es überall Zoos gibt. Bald machen wir einen kleinen Urlaub, in dem wir in vier verschiedenen Ferienwohnungen schlafen werden und acht verschiedene Zoos besuchen können."

Leon war begeistert. „Gibt es da auch Elefanten?"

„Bei einigen schon."

„Und Seehunde?"

„Bestimmt."

„Und Zebrafinken?"

„Vielleicht. Das können wir zuhause im Internet mal nachschauen", antwortete Rupert und fragte sogleich: „Willst du *jetzt* nach Hause?"

Leon schüttelte den Kopf und zeigte auf die Papiertüte, die etwas abseits von ihnen stand.

„Du willst es also auf jeden Fall tun?", vergewisserte sich Rupert. Leon nickte.

Elli ging zu der Tüte hinüber und verzog beim Hineingreifen das Gesicht, als würde sie in einen Eimer mit verrottenden Innereien fassen.

Rupert beobachtete Leons Gesicht, während Elli Pogo den Clown aus der Tüte zog. Leon verfolgte ohne Regung, wie Elli mit der Clownpuppe zu ihnen herüberkam und sie oben auf den kleinen Scheiterhaufen legte. Rupert drehte aus einem Stück Zeitung eine Papierwurst, hielt sie Leon hin und zündete sie mit einem Feuerzeug an. Leon schob das brennende Papier schnell unter die Holzscheite. Das Zeitungspapier darunter fing sofort Feuer, verfärbte sich braun und zog sich zusammen, bevor es die Flammen fraßen. Sie sahen die Überschrift „Horrorclowns attackieren Familie" verbrennen, bevor die Flammen allmählich auf die Holzscheite übergingen.

Rupert nahm Leon auf den Arm und stellte sich so neben das Pagodenfeuer, dass er mit dem Rücken zum Herbstwind stand, damit der Rauch nicht in ihre Gesichter wehte. Nach wenigen Minuten hatte sich das Feuer bis oben in der Pyramide hochgefressen. Der Stoff, aus dem Pogo und sein Kostüm gefertigt waren, schien reine Chemie zu sein. Er brannte zunächst nicht – er schmolz. Kostüm, Hände und Gesicht des Clowns verformten und verflüssigten sich, warfen Blasen, bevor das Material schließlich doch noch Feuer fing und die Flammen grün färbte. Einige Minuten später war der Clown nicht mehr als ein weißlicher, blubbernder Fleck.

„Pogo kommt nie wieder!", sagte Leon und klang unendlich erleichtert. Er beugte sich auf Ruperts Arm vor: „Rufst du die Feuerwehr, Mama?"

„Mama ist heute die Feuerwehr!", antwortete Elli, holte einen roten Handfeuerlöscher aus dem Auto und löschte das Feuer.

Leon jubelte auf Ruperts Arm. Inzwischen war es dunkel geworden.

„Möchtest du, dass wir noch etwas hier bleiben oder nach Hause fahren und im Internet die Bilder von den Zoos anschauen?", fragte Elli.

Leon zeigte auf ihr Auto. „Ich will nach Hause!", rief er und strahlte.

Über den Autor:

Ansgar Fabri ist Journalist, Autor und Dozent. Neben Veröffentlichungen von Romanen, Kurzgeschichten und Fachbüchern bei Verlagen organisiert er Buchprojekte für verschiedene Institutionen. Seine Kurzgeschichte „Alltagsszene" wurde von Amnesty International und Aktion Mensch prämiert. Der Autor ist Mitglied in der Krimischriftstellervereinigung „Syndikat". Er arbeitete als wissenschaftlicher Mitarbeiter in einem Forschungsprojekt zur „Psychiatrie- und Patientengeschichte" an der Hochschule Niederrhein, an der er auch regelmäßig Kreatives Schreiben lehrt. Er unterrichtet für die VHS Düsseldorf, das ASG Bildungsforum Düsseldorf und das Goethe-Institut Deutsch als Fremdsprache. Mit seiner Frau, der Kulturpädagogin Nadine Fabri, und seinem Sohn Noah lebt er in Mönchengladbach.

Weitere Informationen zu Publikationen, Projekten und Lehrtätigkeiten auf: www.fabri-k.de

Weitere Publikationen

des Autors

Hinter den Ginstertrieben

Die Studentin Klaudia führt ein Doppelleben: als Borderlinerin und als Krisenberaterin beim Sorgentelefon. Ihr Leben gerät aus den Fugen, als ein Kinderschänder sie um psychologische Beratung bittet. Sie entlarvt ihn als den Albtraum ihrer Kindheit. Der Mann ahnt nicht, wem er seine Gedanken und Ängste am Sorgentelefon anvertraut. Während die Welt um sie herum in einem zermürbenden Wetterchaos versinkt, forscht Klaudia weiter nach und kommt zu einer schockierenden Erkenntnis: Sie muss den Mann zum Selbstmord bewegen - durch das Telefon, mit psychologischer Manipulation.

- - -

„Wenn Ansgar Fabri einen Krimi schreibt, dann kommt am Ende irgendwie immer mehr als ein Krimi dabei heraus. Stets liefert der Mönchengladbacher eine psychologische Dimension mit."

Rheinische Post

Raptus

Der brutale Mord an einem amerikanischen Soldaten im Mönchengladbacher NATO-Stadtteil „Joint Headquarters" sorgt für Wirbel in höchsten Kreisen. FBI-Agent Gordon Northborn wird an den Niederrhein beordert, um mit dem Mönchengladbacher Ermittler Oskar Pelzer und dessen Team den Fall zu untersuchen. Weitere Soldaten werden auf immer drastischere Weise getötet. Das deutsch-amerikanische Ermittlerteam vermutet einen Täter, der selbst Opfer ist. Schon bald eskalieren die Ereignisse.

- - -

„Ansgar Fabri setzt sich in seinem Psychothriller auf spannende und mitreißende Weise mit der Thematik der posttraumatischen Belastungsstörung und ihren verheerenden Ausmaßen auseinander."   *Magazin HINDENBURGER*

- - -

„Packend, aufreibend, tiefschürfend und lehrreich."   *Rheinische Post*

- - -

„Ansgar Fabri schreibt Psychothriller, die unter die Haut gehen."   *Niersradio*

Der Saulus Effekt

Für seine groteske Selbsttherapie schafft der Erfolgscoach Paulus das scheinbar Unmögliche: Noch vor der Polizei fängt er den Mörder seiner Frau und sperrt ihn in ein Kellerverlies in einem abgelegenen Waldhaus. Dort befragt er ihn mit Techniken des Neuro-Linguistischen Programmierens, Methoden mit denen er sonst Top-Manager coacht, nur um das Verbrechen zu verstehen. Zu spät merkt Paulus, dass sein Gefangener Mitglied einer gefährlichen Sekte ist, die es nun auf ihn abgesehen hat. Paulus merkt, dass er das Töten vom Mörder seiner Frau lernen muss, um diesen umzubringen - wenn er, Paulus, nicht selbst das nächste Opfer werden will.

- - -

„Den Gleichklang gegenwärtiger Krimiliteratur durchbricht Ansgar Fabri in seinem zweiten Roman ‚DER SAULUS EFFEKT' durch eine innovative und klug durchdachte Handlung."

Christian Hensen, Rheinische Post

- - -

„Ein sehr faszinierendes Buch ist der ‚Saulus Effekt'. Ich wollte es gar nicht mehr aus der Hand legen, ein Buch, das man verschlingt."

Jörg Tomzig, Niersradio

Join the Headquarter

Ansgar und Nadine Fabri

Es war das wohl größte britische Dorf außerhalb des englischen Königreichs, dann verwandelte es sich in eine Geisterstadt und wurde zeitweise als Nachfolgeort für den legendären „Rock am Ring" gehandelt – die Joint Headquarters in Mönchengladbach. Erfahren Sie in anschaulichen Reportagen Wissenswertes über das, was in diesem ungewöhnlichen Garnisonsstadtteil Mönchengladbachs passierte und lesen Sie in mehreren Kurzgeschichten, was dort vielleicht noch hätte passieren können, aber (oft zum Glück) nicht passiert ist. In der umfangreichen Geschichte „Alternative Null" entwirft das Autorenpaar eine düstere Zukunftsvision vom JHQ, die an vielen Schauplätzen mit Wiedererkennungseffekt spielt.

- - -

„Super spannend geschrieben!"

Lena Sapper, TV-Journalistin CityVision